HIM BOP! HIM BOP!
HIM BOP! HIM BOP!
HIM BOP! HIM BOP!
HIM BOP! HIM BOP!

DESIDERATA MILLÔR UM NOME A ZELAR

Copyright © 2008: Desiderata

Editora
GABRIELA JAVIER

Coordenação Editorial
S. LOBO

Produção Editorial e Revisão
DANIELLE FREDDO

Projeto Gráfico
ODYR BERNARDI

Diagramação
JAN-FELIPE BEER

Tratamento de Imagens e Fechamento
VITOR MANES

Rua Nova Jerusalém, 345 – Bonsucesso
Rio de Janeiro – RJ – CEP 21042-235
Tel.: (21) 3882-8200 Fax: (21) 3882-8212 / 3882-8313
www.ediouro.com.br

CIP-BRASIL. CATALOGAÇÃO-NA-FONTE
SINDICATO NACIONAL DOS EDITORES DE LIVROS, RJ

F41n

Fernandes, Millôr, 1924-
  Um nome a zelar / Millôr Fernandes. - Rio de Janeiro : Desiderata, 2008.
  il. ;

  ISBN 978-85-99070-55-0

  1. Fernandes, Millôr, 1924- - Autógrafos - Obras ilustradas. 2. Escritores brasileiros - Autógrafos - Obras ilustradas. II.Título.

08-0125.   CDD: 928.699
                CDU: 929:821.134.3(81)

004922

Müller

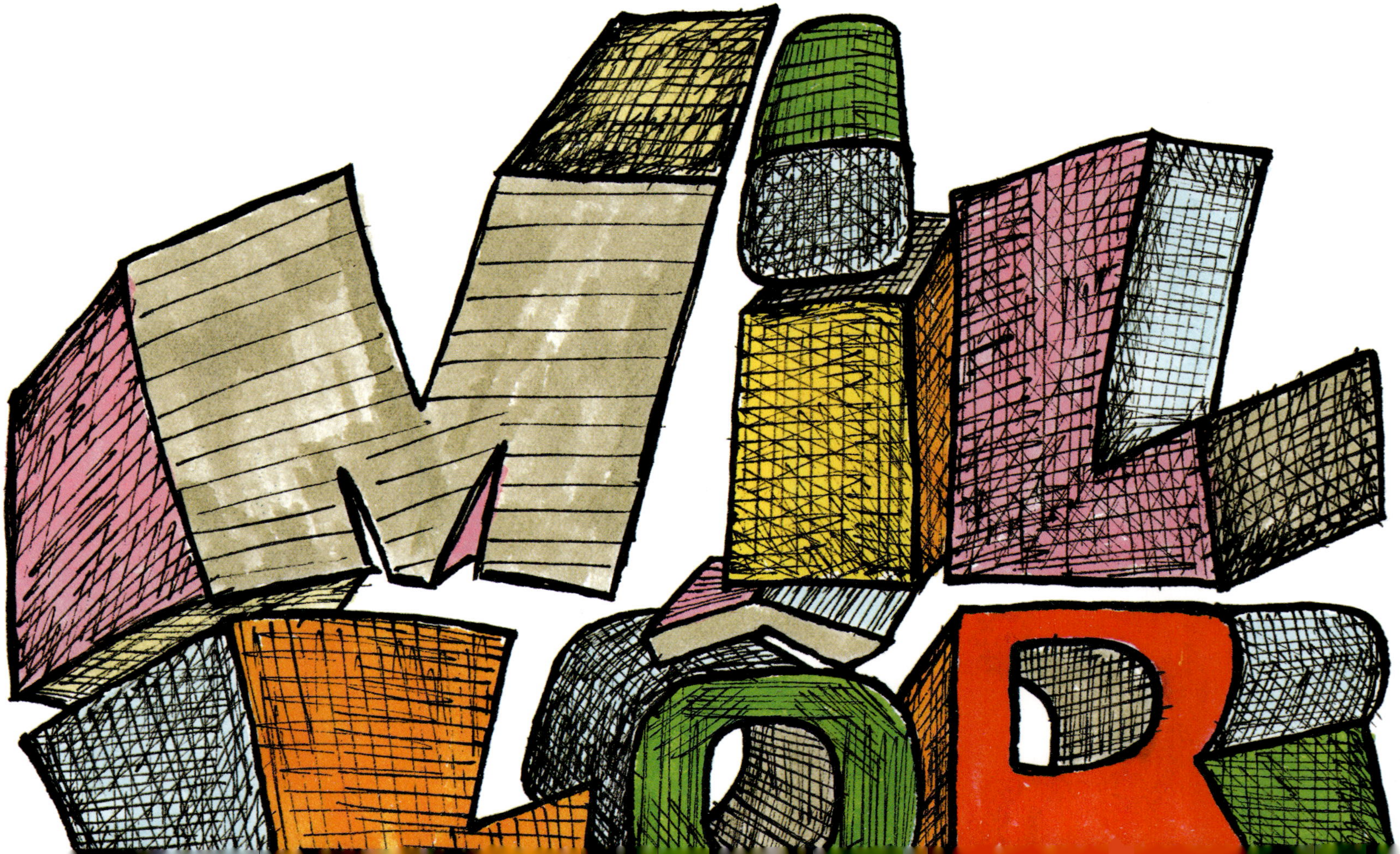
MiL

MILLÔR, O ZELO DE NOMEAR

Aos 17 anos, Milton Fernandes viu a sua certidão de nascimento. A caligrafia do escrivão, rococó e mal desenhada, transformara o "T" num "L", e o traço de corte do "T" parecia mais um acento circunflexo. A palavra escrita no registro do cartório era Millôr, e não Milton, o nome pelo qual ele era conhecido na família e entre os amigos. Ocorre que o rapaz era um espírito livre. Não tinha que prestar contas nem à família (era órfão de pai e mãe) nem à sociedade em torno (apartado dos irmãos, já se virava por conta própria para garantir o sustento). Ele abandonou o nome comum, um prosaico Milton, e se tornou Millôr, primeiro e único.

Ele é dos raros seres humanos, portanto, que se autonomeou, que se livrou do nome imposto pelos pais. A bancada vienense diria que autobatismo mostra um sujeito com problemas de identidade. A tese não se sustenta porque o nome que ele escolheu, esdrúxulo e inexistente, tinha tudo para lhe dificultar o trânsito social. Em regra, alguém muda de nome para ficar mais popular – o que significa, na prática, trocar de identidade para ganhar mais dinheiro. É o caso das atrizes e cantoras que adotam apelidos de uma sílaba só, e do Luiz Inácio que virou Lula.

Em *Romeu e Julieta*, Shakespeare faz com que, na cena do balcão, a jovem pergunte ao rapaz:

O que há num simples nome?

E é Julieta que responde, com outra pergunta:

Aquilo que chamamos rosa, com outro nome não teria igual perfume?

E Millôr, se tivesse continuado Milton, seria igualmente rosa, continuaria com o mesmo perfume? Acho que não. O Millôr que ele criou tem cara de Millôr, jeito de Millôr, obra de Millôr. Um mero Milton não a faria. Um Milton encontra, no máximo, um paraíso perdido. Já Millôr fez uma obra paradisíaca num país perdido, inventou a sua felicidade numa Ipanema cuja identidade ele ajudou a definir, na longínqua metade do século passado.

A gracinha com o nome não parou na criação do prenome. Ao longo de setenta anos, Millôr reescreveu, redesenhou, repintou, remontou e regravou o nome milhares de vezes. Fez isso não para criar uma marca e se vender. Novamente, foi na contracorrente. As regras do comércio estabelecem que não se muda a marca de uma mercadoria assim, sem mais. A mudança deve ser precedida de estudos, da contratação de uma empresa especializada em *brand-naming*, no "reposicionamento de logomarcas". Pois Millôr não deixou o seu nome sossegado. Com leveza, o recriou continuamente.

O resultado é espantoso. Nenhum nome seu é igual ao outro. Mas todos, misteriosamente, são Millôr: no traço propositalmente imperfeito ou ingênuo, na delicada mescla de cores, na justaposição de elementos, nas alusões líricas e, sobretudo, na graça. Há algo de impróprio em se reapropriar continuamente do próprio nome próprio?

Não, há a brincadeira, altamente sofisticada, de exercer e exercitar a liberdade.

O que há então, perguntaria novamente Julieta, num nome? No caso de Millôr, há arte.

Uma arte que, a princípio, é apenas um detalhe, ainda que crucial, na história da arte: a assinatura. Na tradição das artes plásticas, a assinatura serve para informar quem fez a obra e para atestar a sua autenticidade. Logo, a assinatura não pode mudar. Pois Millôr modifica sua assinatura cada vez que escreve o seu nome. As variações infinitas não o dispersam nem o disfarçam: ele é sempre o mesmo, só que múltiplo. Com isso, transforma a sua assinatura em obra, em auto-retrato.

Pintar a si mesmo, se auto-retratar, pode servir tanto de espelho como de disfarce. A série de auto-retratos de Rembrandt pertence à categoria do espelho. Ela registra a passagem do tempo e o artista que muda. O retratista retratado é primeiro guapo mancebo, aí amadurece, depois envelhece e, por fim, envilece. Já Caravaggio, que pintou a si mesmo na cabeça decapitada de Golias, usou o auto-retrato para se disfarçar de personagem bíblico e perder a cabeça, degolar-se.

Nos seus auto-retratos em forma de nome, Millôr não se espelha, não se disfarça nem se amputa. Ele se propaga e se reitera. Seus nomes não têm rosto definido. Eles escancaram um nome e reinventam um homem. Ao contrário dos de Rembrandt, os seus auto-retratos não seguem uma seqüência. Não descrevem o trajeto da juventude à velhice. Eles vivem mais no espaço do que no tempo: se espalham em todas as direções, incorporando ao sujeito, ao ego, aquilo que está nos arredores. À diferença de Caravaggio-Golias (que separa a cabeça do corpo, a mente do espírito, o retratado do retratista), Millôr mostra que seu nome, retrabalhado artisticamente, aponta para o infinito. Aqueles nomes todos são ele, Millôr. O que há neles de agudo, de colorido, de curvo e gracioso, tudo que há neles é Millôr.

Convém olhar estes nomes com vagar. Não há nada semelhante na história da arte. O artista se auto-impõe um espaço exíguo, uma forma fixa, os limites estritos de sua identidade nominal. E, dentro da prisão de si mesmo, expõe a liberdade do indivíduo – daquele indivíduo particular, Millôr, que tem um nome a zelar.

Mario Sergio Conti

```
M  I  L  L  Ô  R
I  M  R  L  L  Ô
L  I  M  R  Ô  L
L  M  R  Ô  I  L
Ô  L  L  R  M  I
R  Ô  L  L  I  M
```

NOSTALGIA
M.

NILTOR

PERSPECTIVA — RENASCENÇA.
PERSPECTIVA ERRADA — INVENÇÃO.
PERSPECTIVA ERRADA NA PRÓPRIA
LETRA — PERSPLEXITIVA.
                                        M.

MiLLoR

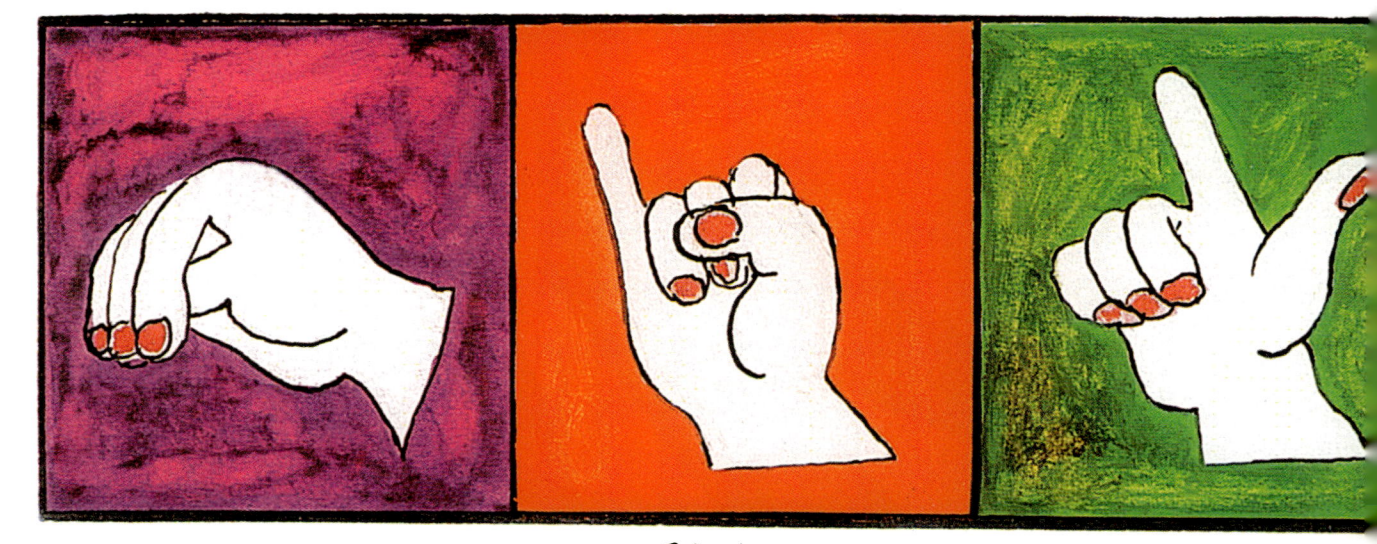

SINAIS MANUAIS. VENDO O SOM
M.

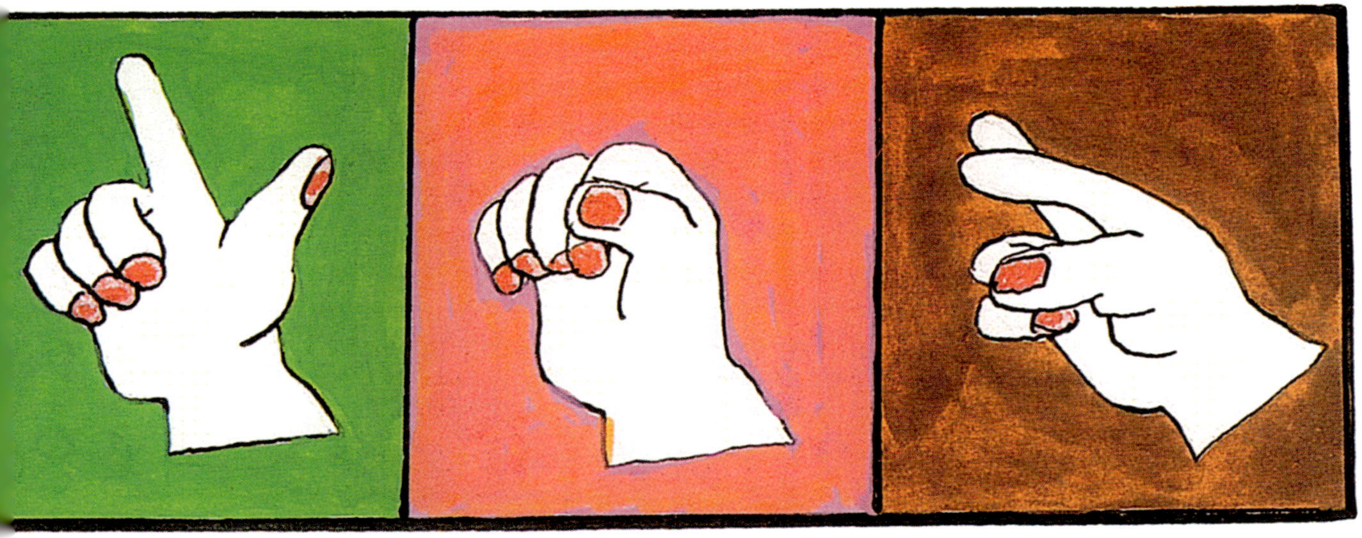

MILLÔR

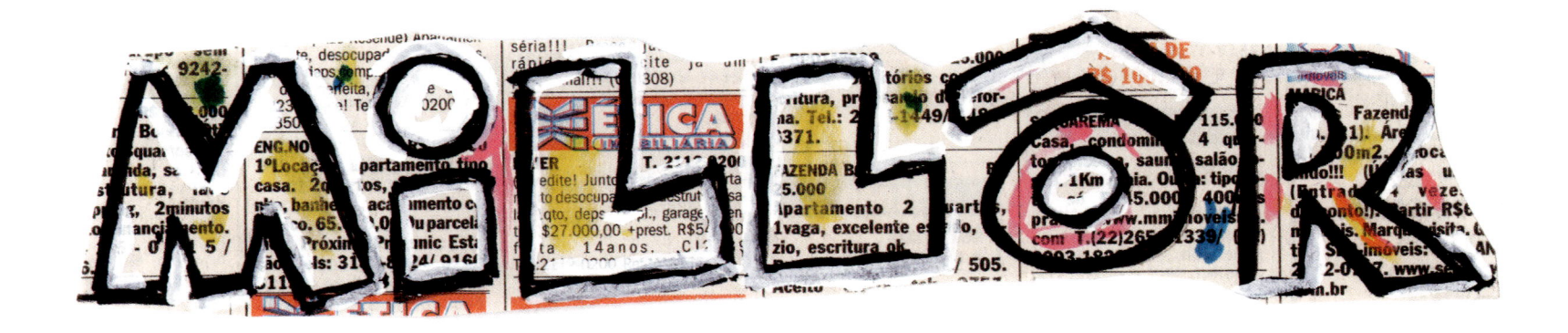

GATO ESCONDIDO COM O MILLÔR DE FORA.

M.

Milli

jornalista sem fins

LOR

lucrativos

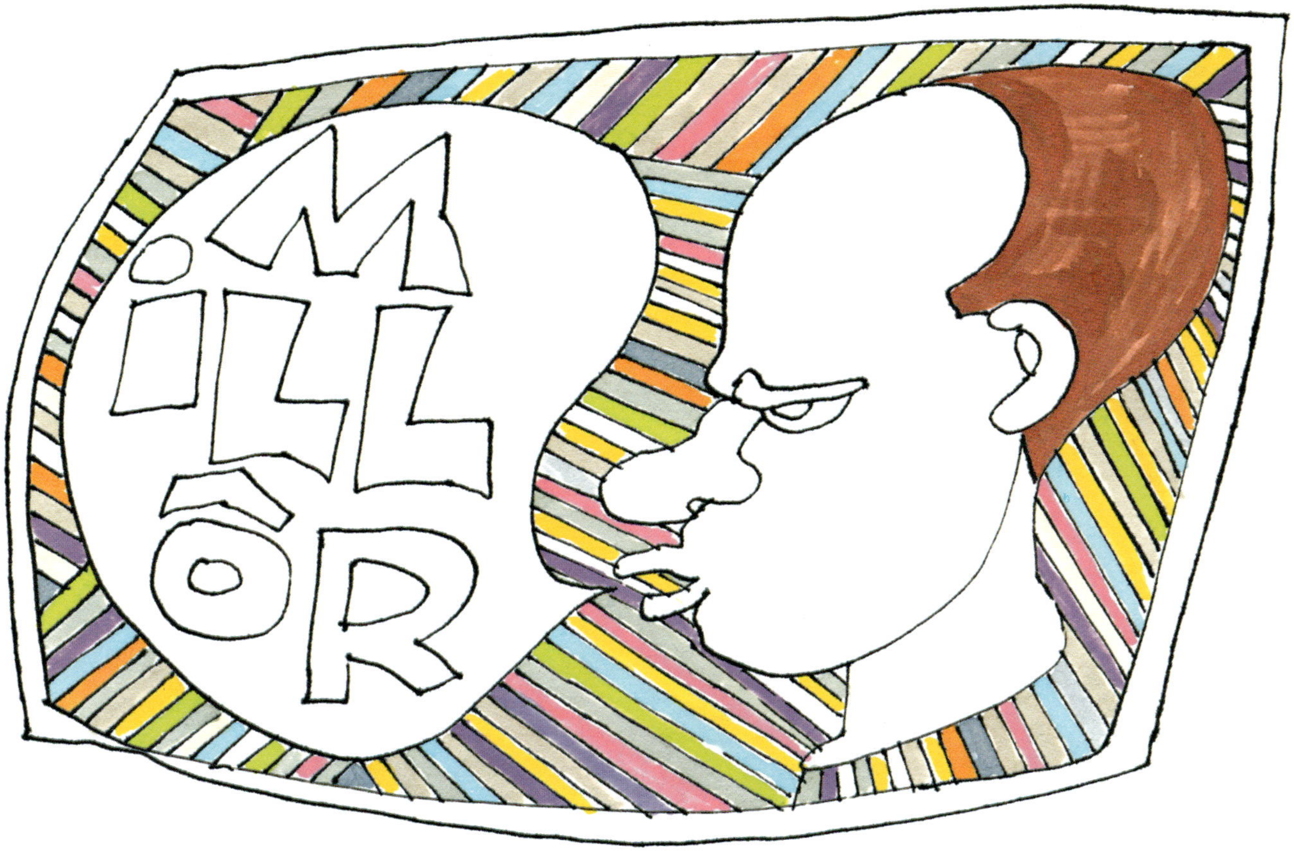
MILLÔR

QUEDA HORIZONTAL. (DO DESIGNER!)
M.

AONDE?
M.

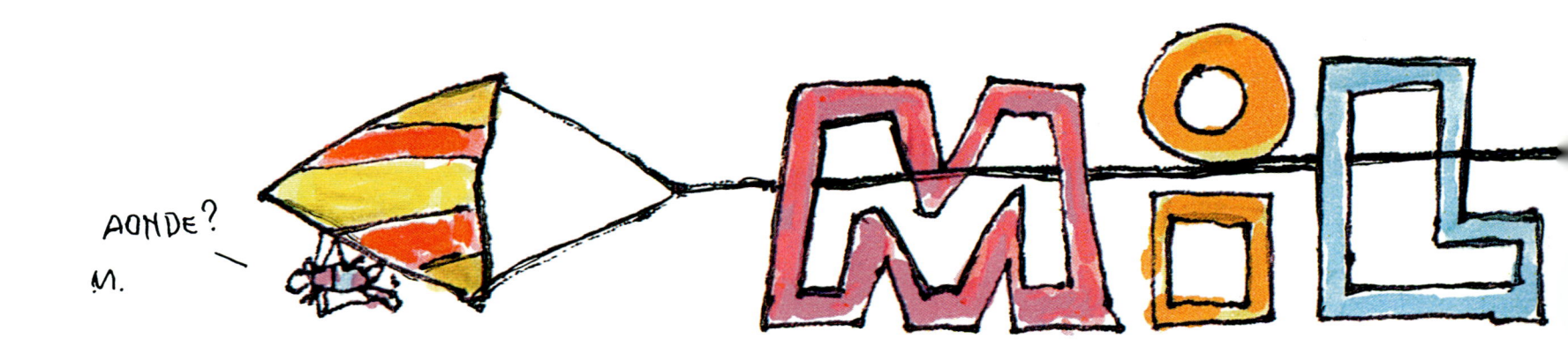

JÁ QUE O LATIM ESTÁ OUTRA VEZ NA MODA

CÔR PARI PASSU

— ATÉ AQUI, TUDO BEM!

M.

MILOIR

CIRQUE DE QUE MESMO?

AH, DE SOLEIL!

M.

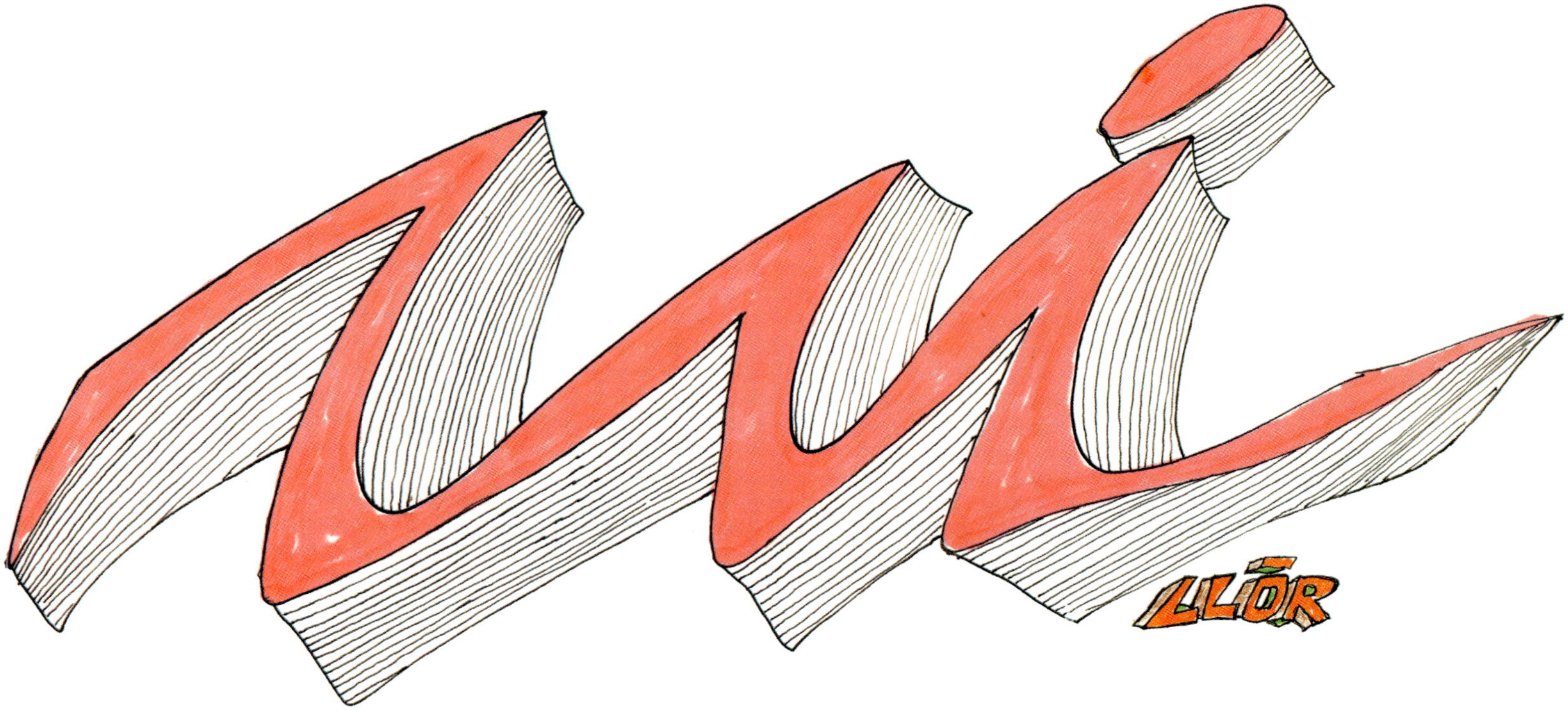

O RIO DE JANEIRO CONTINUA LINDO.

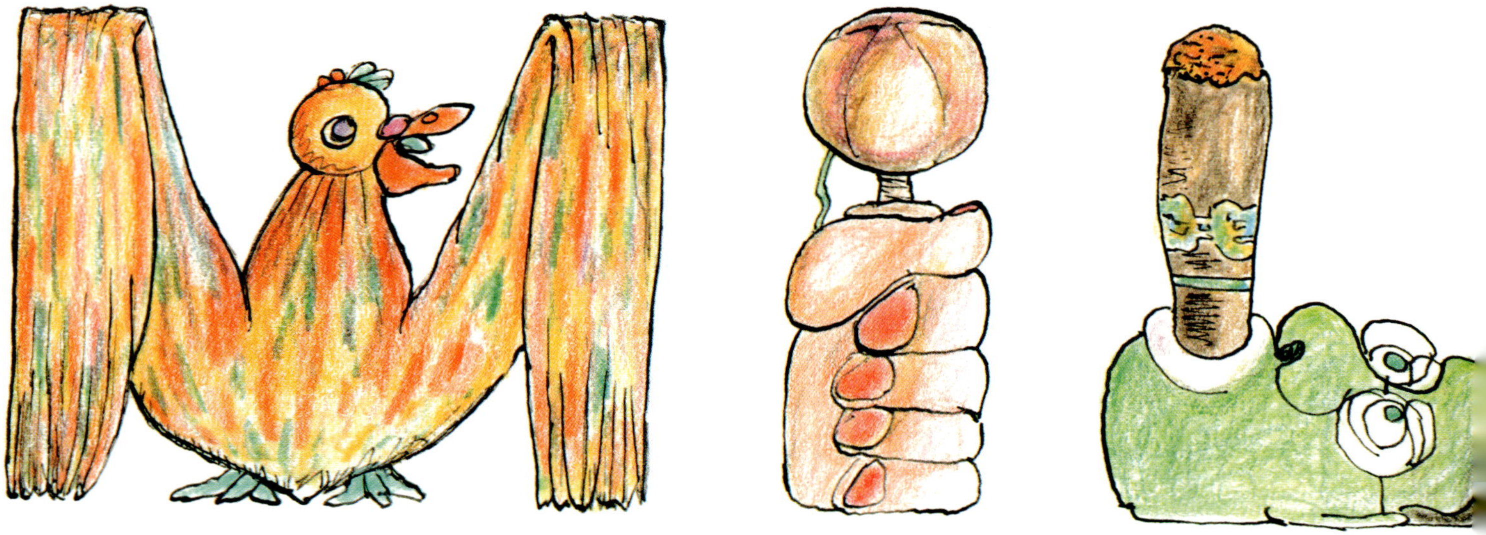

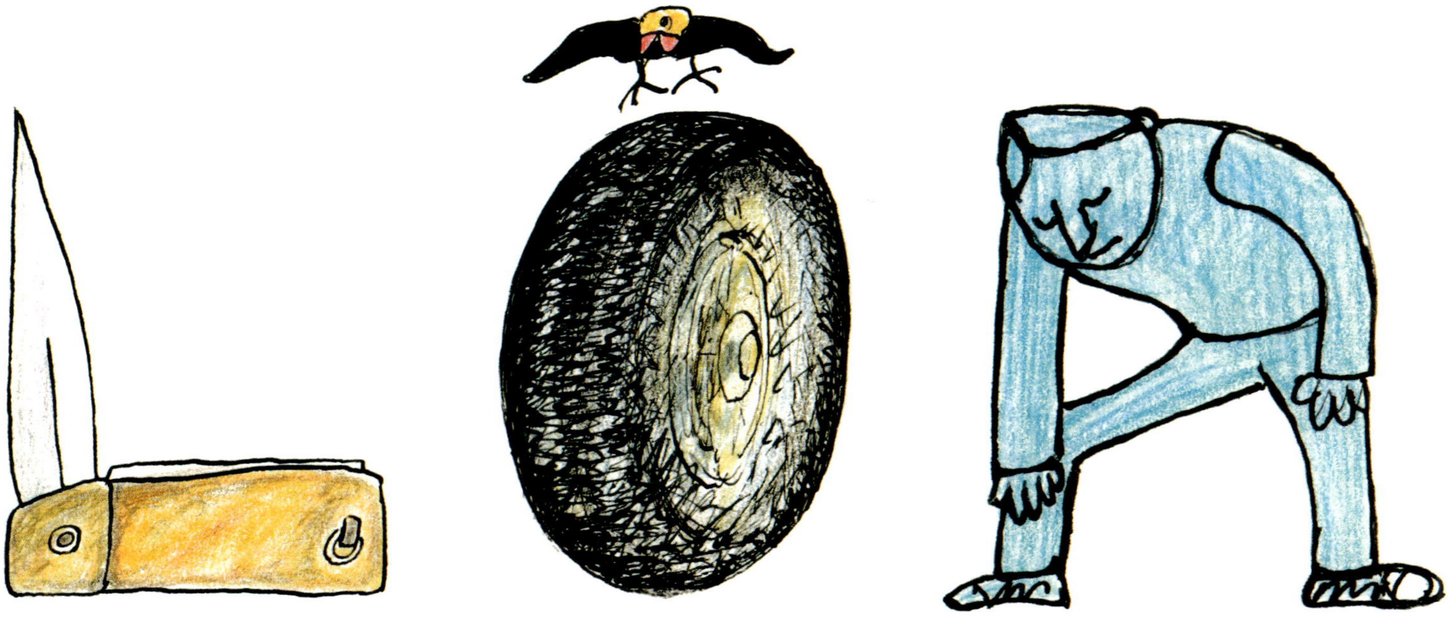

— SEMPRE A SOLDO DA CONTRAFAÇÃO

MILLÔR

EL ASNO SUFRE LA CARGA, MAS NO LA SOBRECARGA. (Cervantes)

MILLÔR

Nosso pacto social é um diálogo travado entre um cego e um surdo, na solidão da gruta do impasse.

MILOR

MILLARD

RNÁNDES

Millôr

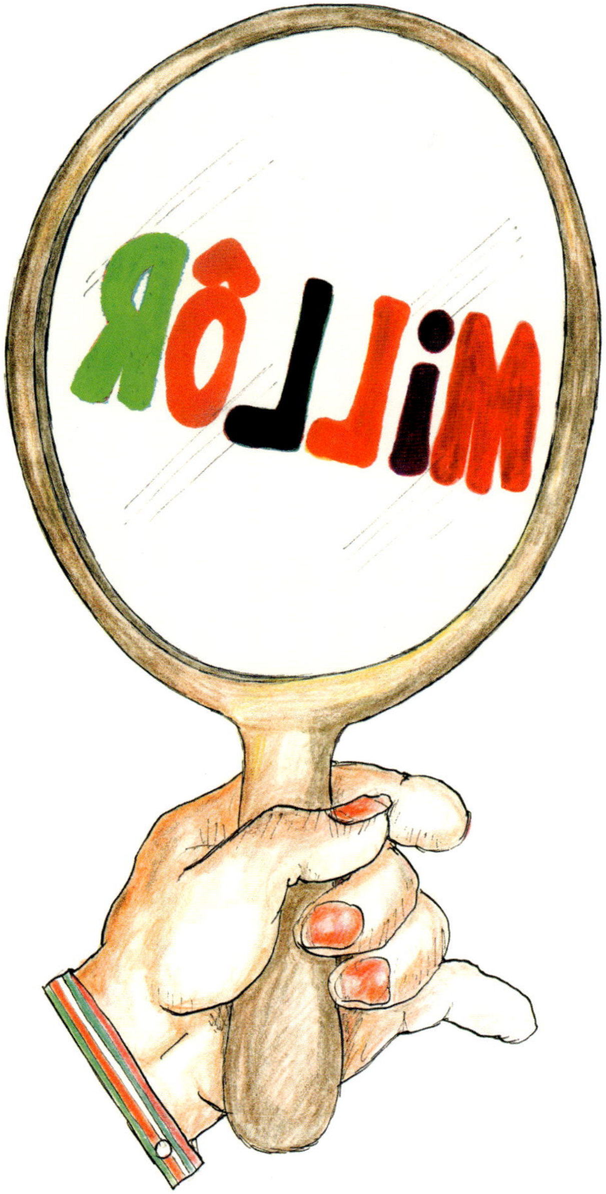
MILLÔR

```
MILLÔR
IMRLLÔ
LIMRÔL
LMRÔIL
ÔLLRMI
RÔLLIM
```

INTERNET,
UMA COISA
ANTIGA.
M.

TRANSPARÊNCIA.
M.

E PRA MIM, NADA? VOCÊS ACHAM QUE EU SOU INCORRUPTÍVEL?

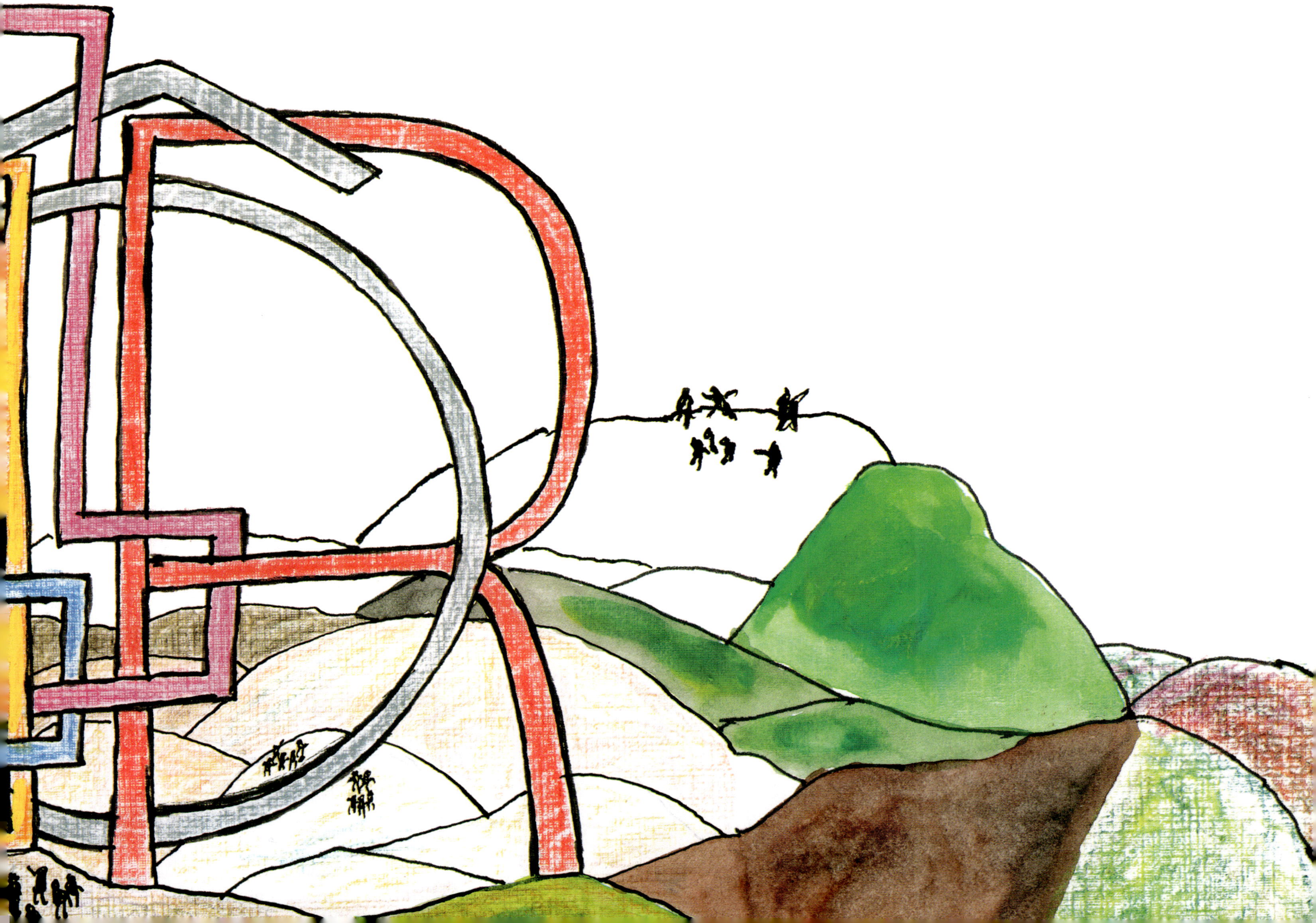

LIGADÃO!
m.

millor

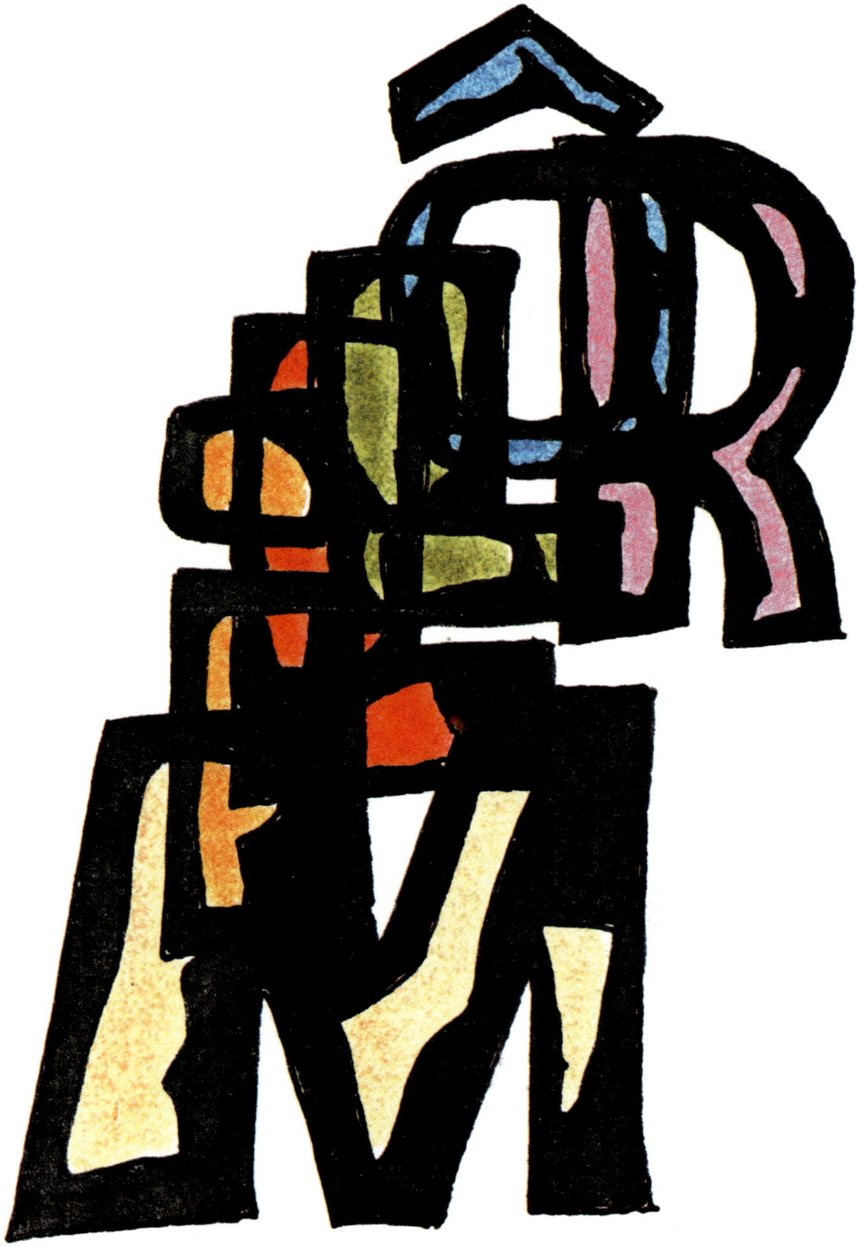

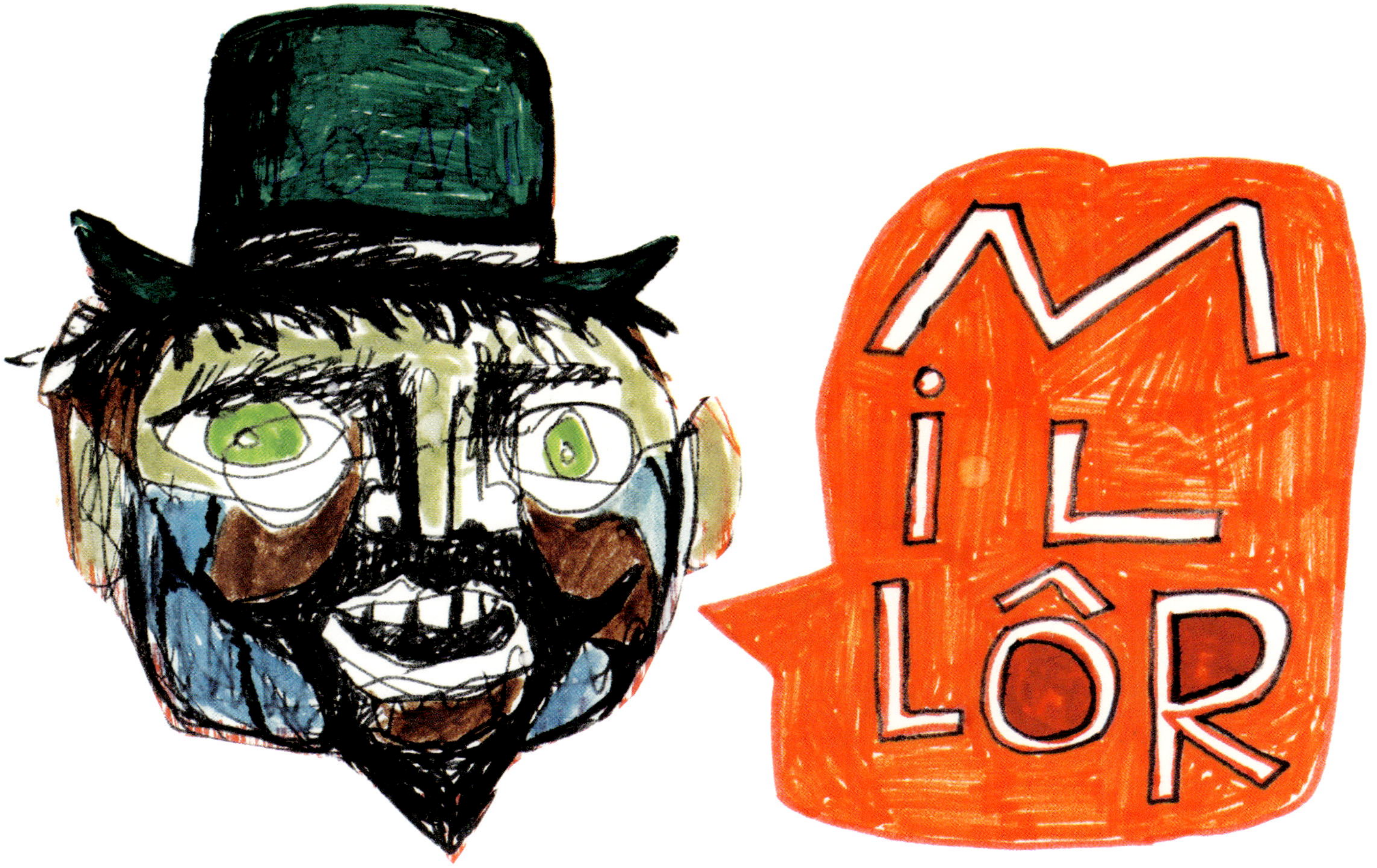
MiLLÔR

PALOMIL

¡CHEGAMOS!
M.

MILLÔR

> NÃO EXISTE O TEMPO, SÓ EXISTE O PASSAR DO TEMPO. M.

MILLOR

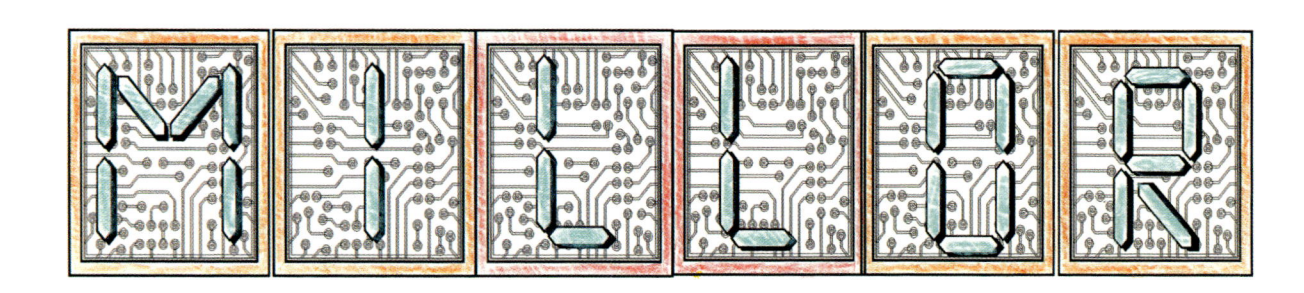

MILLÔR

FEITO À MÃO, POIS É
M,

UM PASSO!
M.

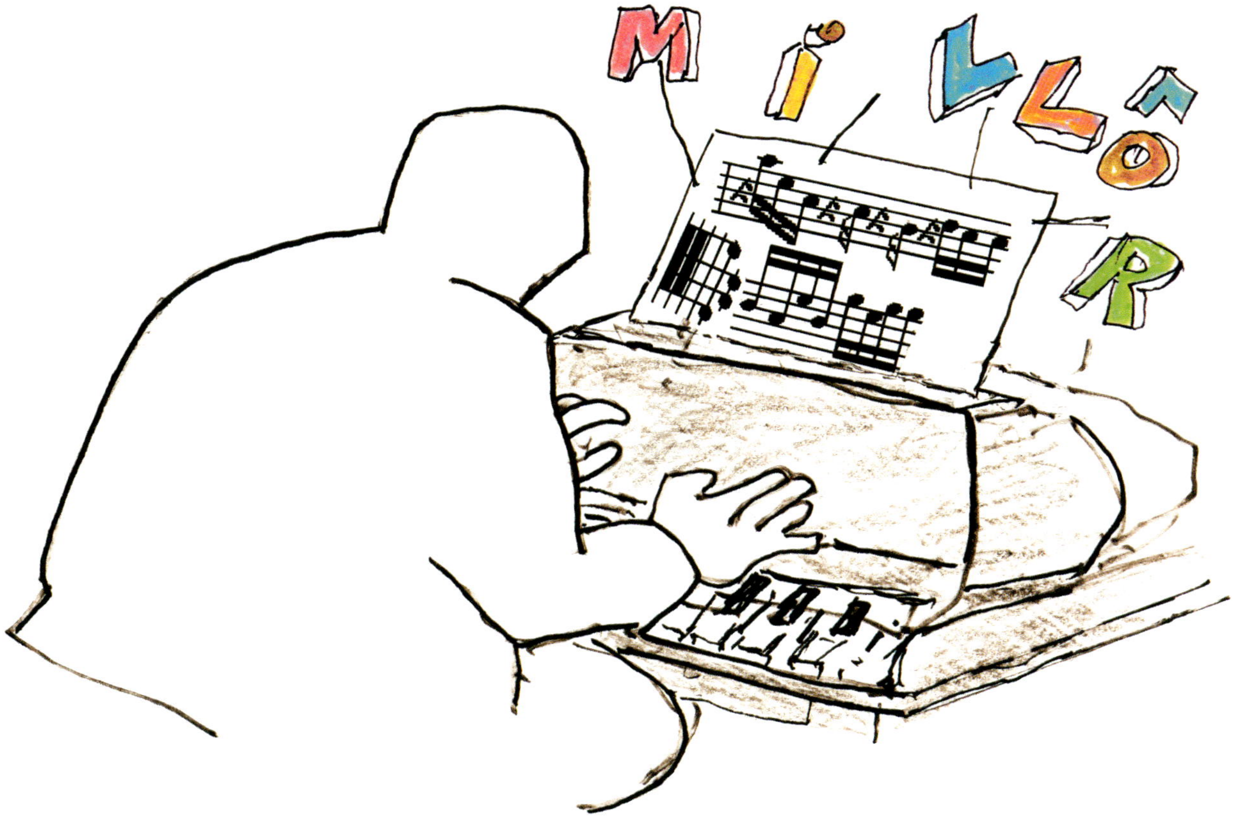
MILLÔR

MiLLōR

Millor

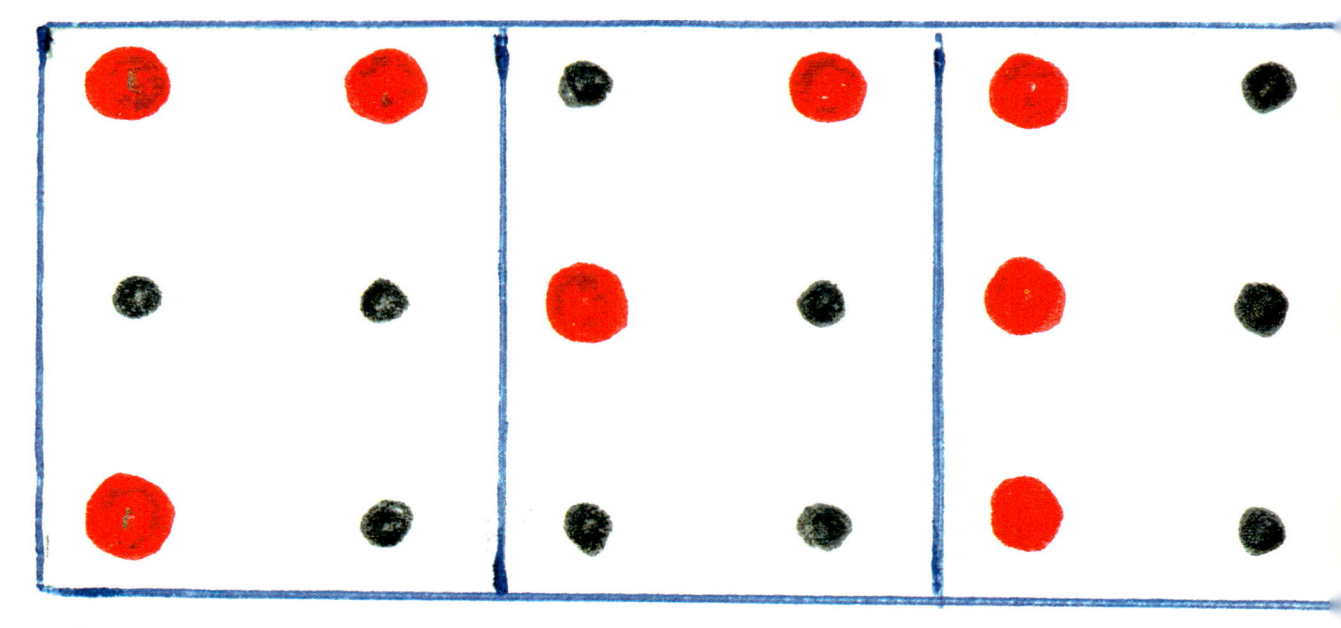

Millôr-Braille. A visão na ponta dos dedos.

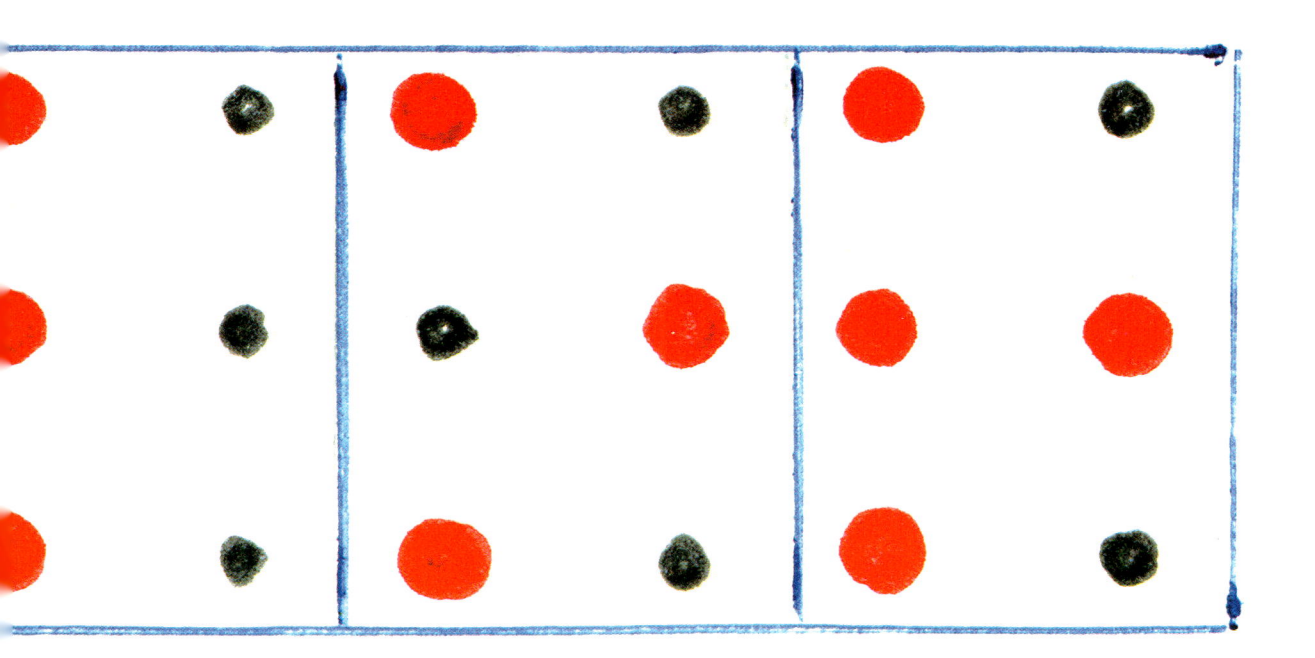

Milhão

TUDO É IGUAL A TUDO MAIS A DISTÂNCIA E GRANDE
SE O SEU FOSSE O PAPA VENDIA TUDO E IA EMBORA.
HOMEM É SEU VALOR DIVIDIDO POR SUA AVALIAÇÃO

PENSAR É COISA MEIO ENROLADA.
M.

Miller

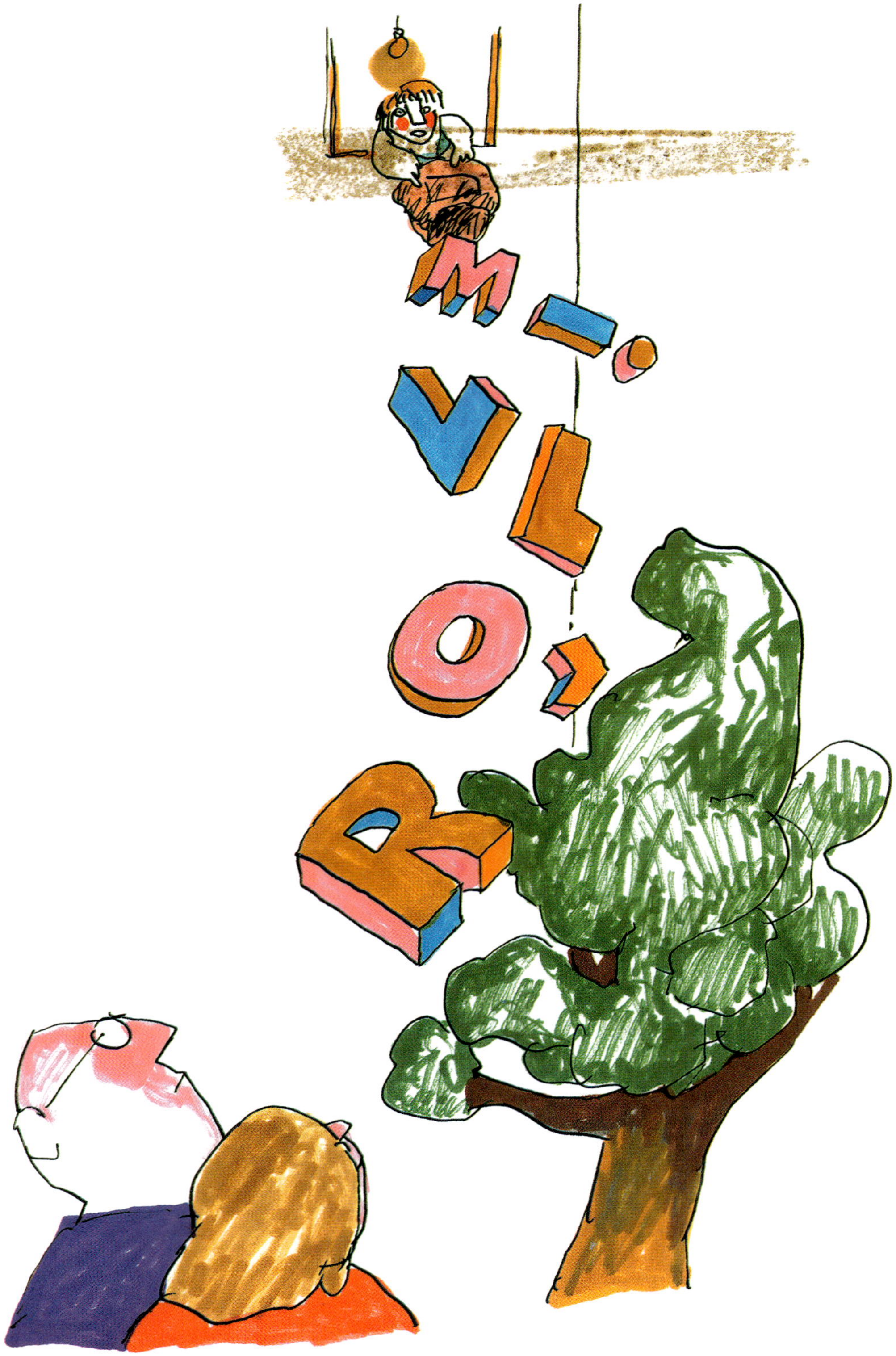

MILLÔR É PROFUNDO.

M.

AQUI EM CASA O MILLÔR ESTÁ EM TODA PARTE.
M.

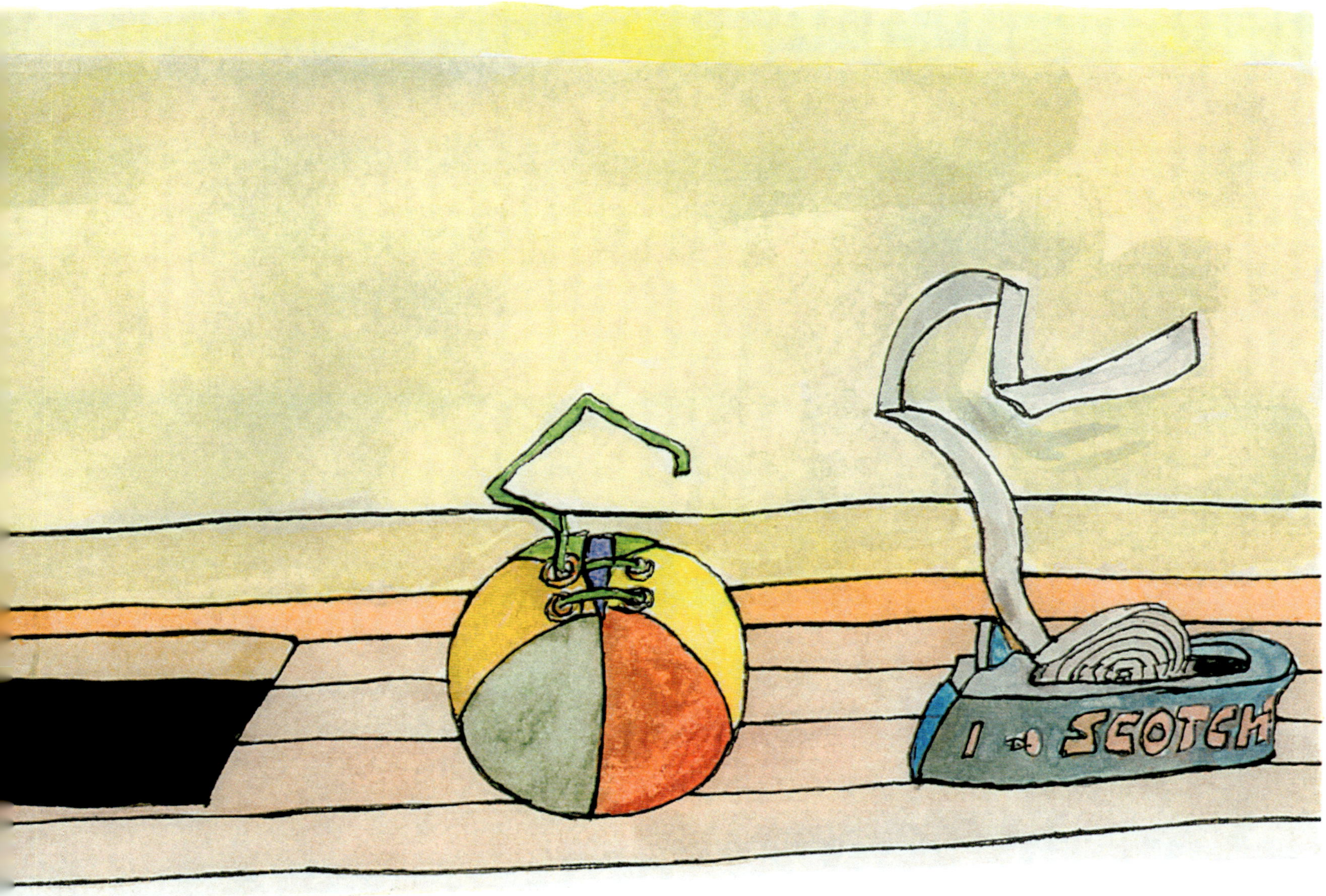
SCOTCH

Mirror

amillón

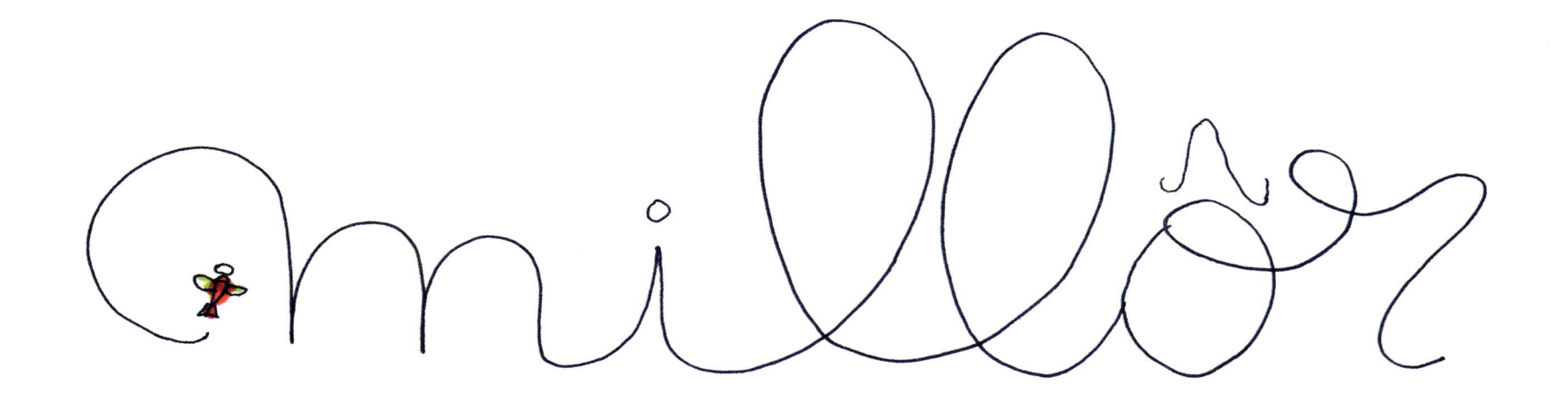

SUBINDO NA VIDA.
M.

MILLÔR

UM ESCRITOR QUE NUNCA FOI UM INTELECTUAL.

—INTE

MILLOR

MILLÔR-MATE.
M.

MILLER

APRÈS LE CINEMA VERITÉ
MILLER
SEULEMENT NOTRE HUMOUR MENSONGE !

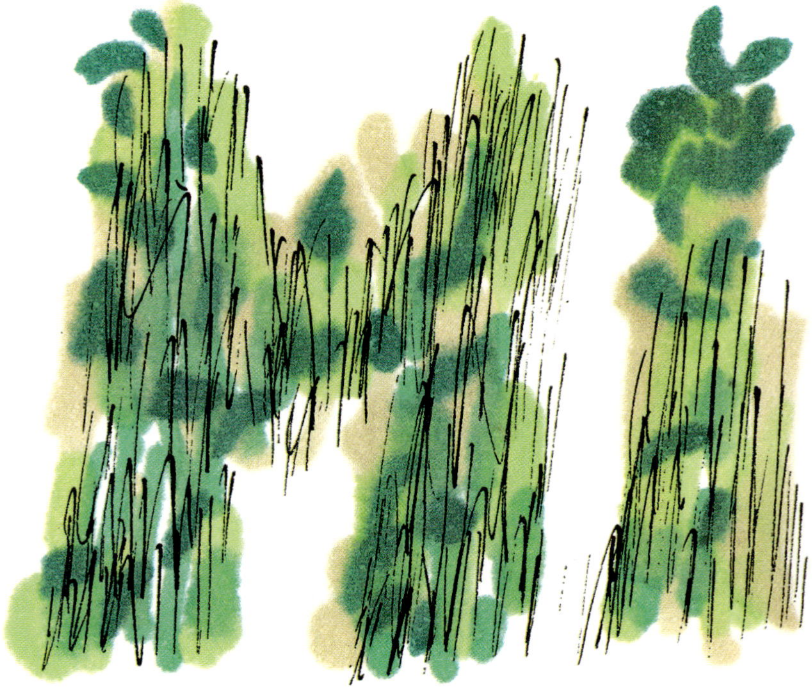

M.F. 1924-1968.
M.

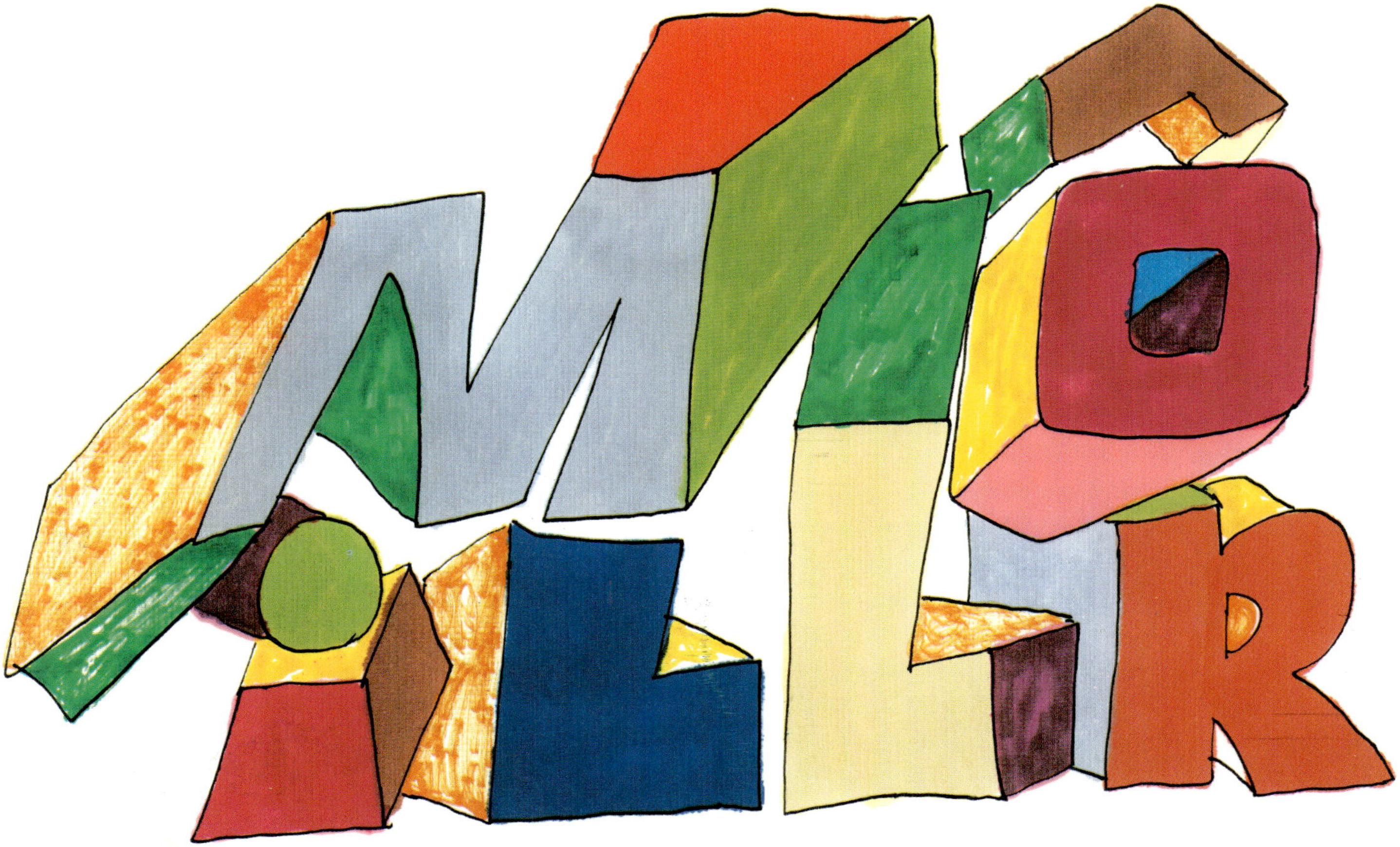

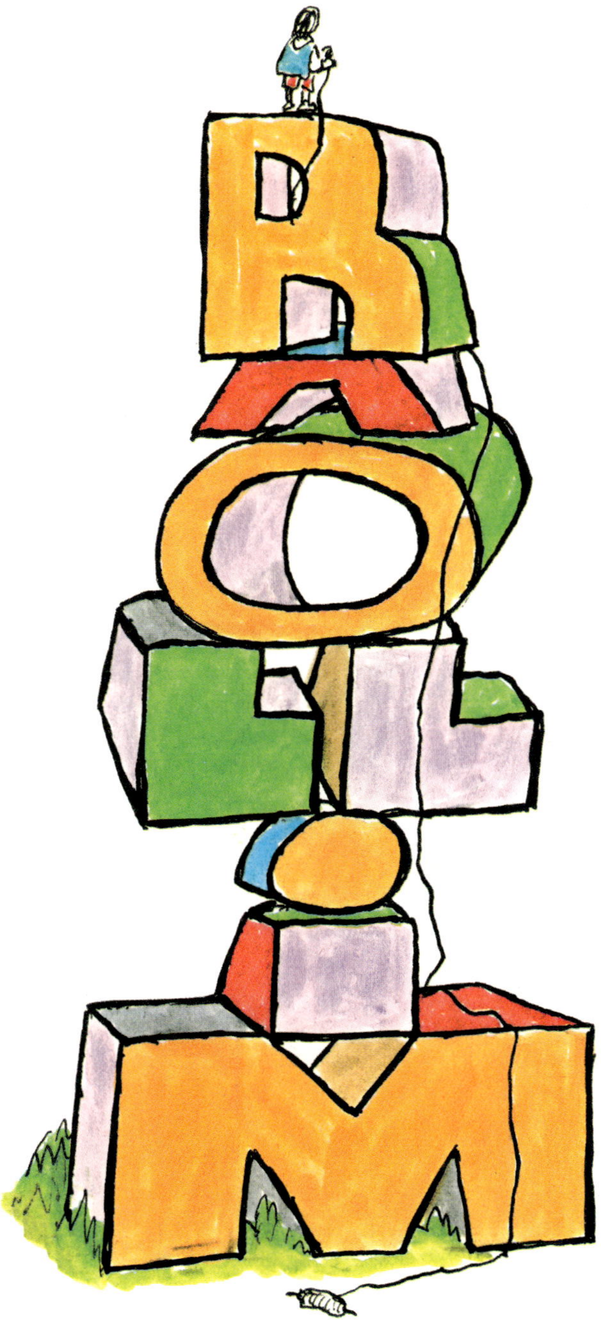

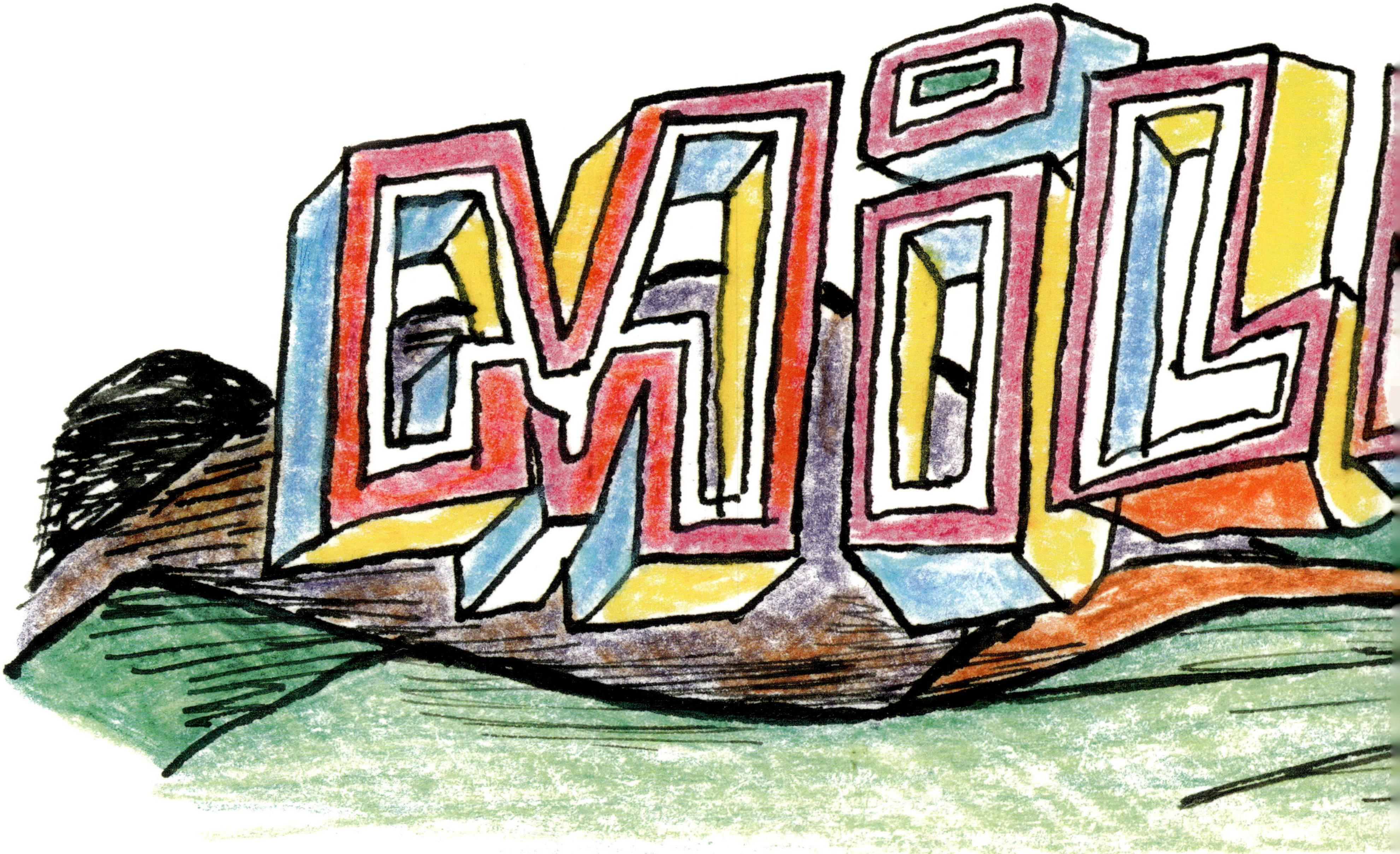

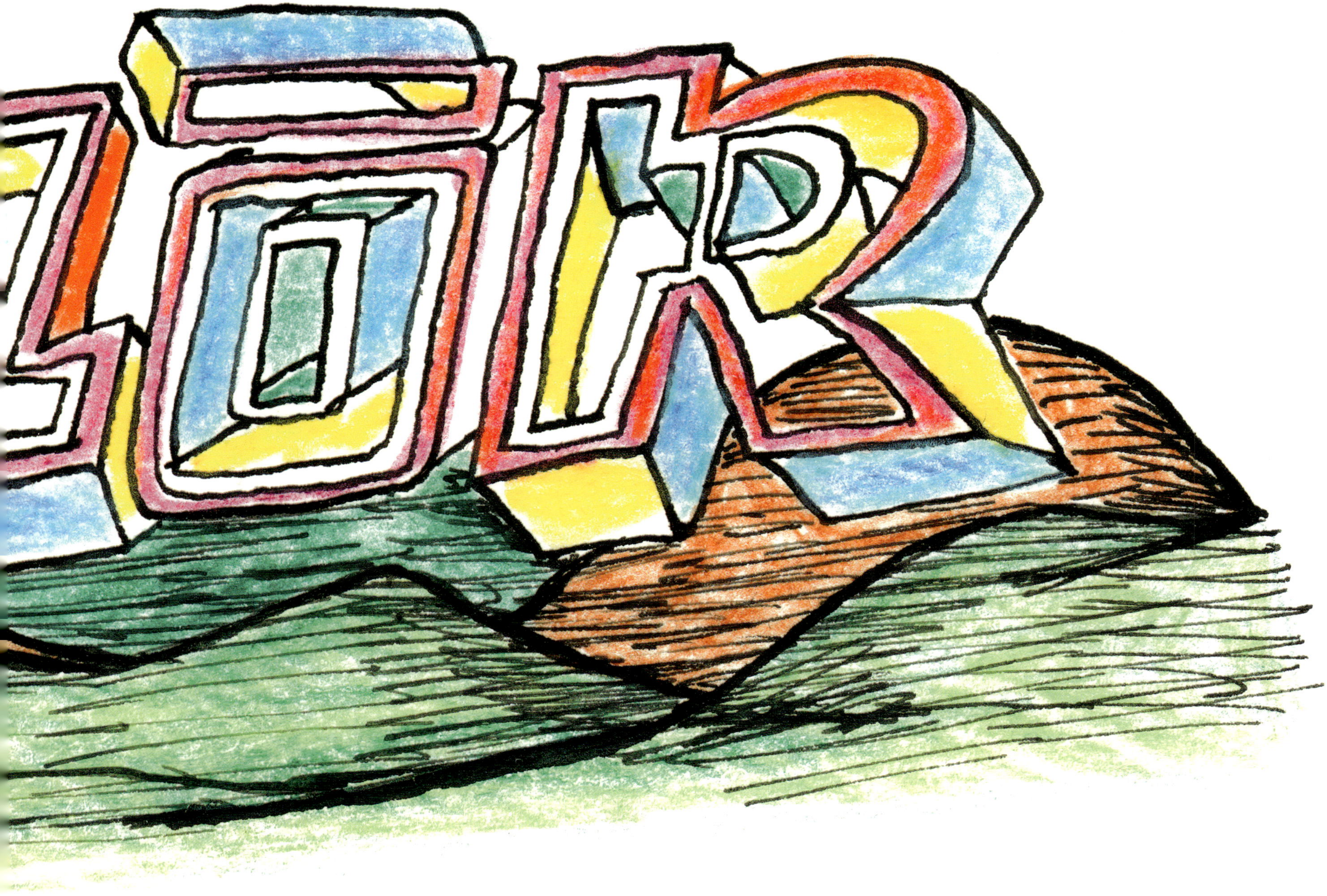

MILLÔR

DANDO A VOLTA.

UMA CERTA LIBERDADE.
M.

MILLOR

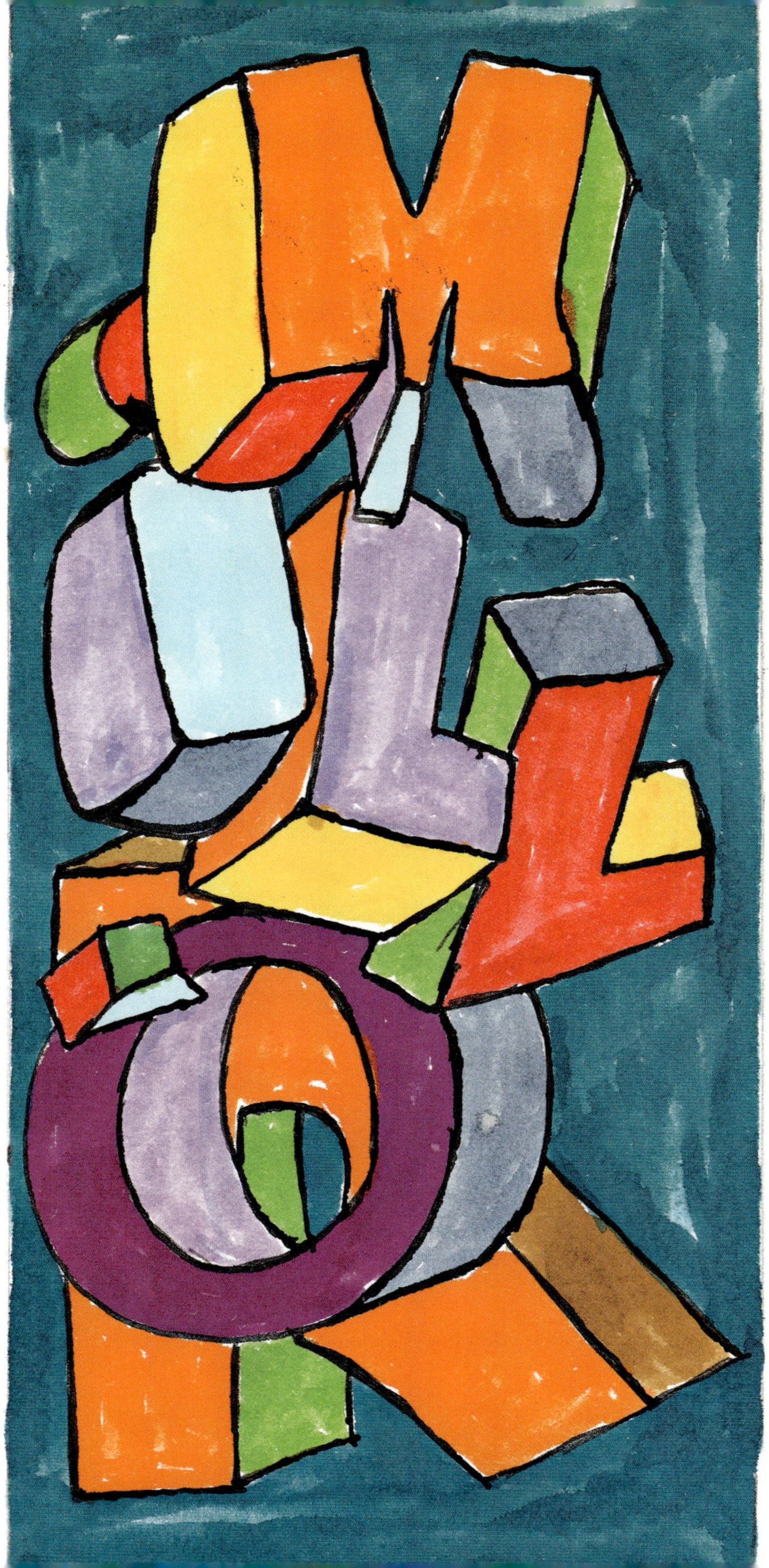

MIRÓ
COLOR

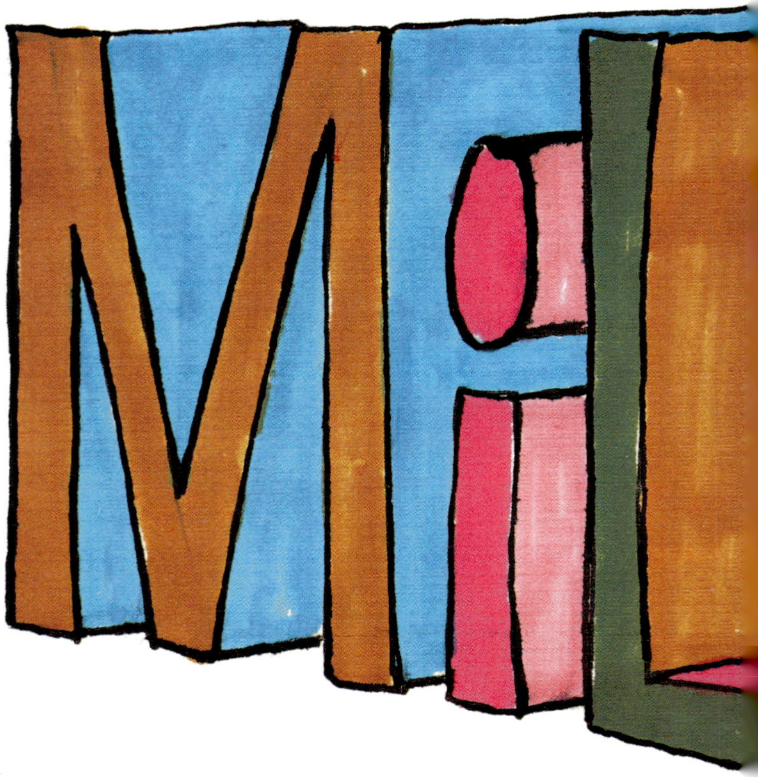

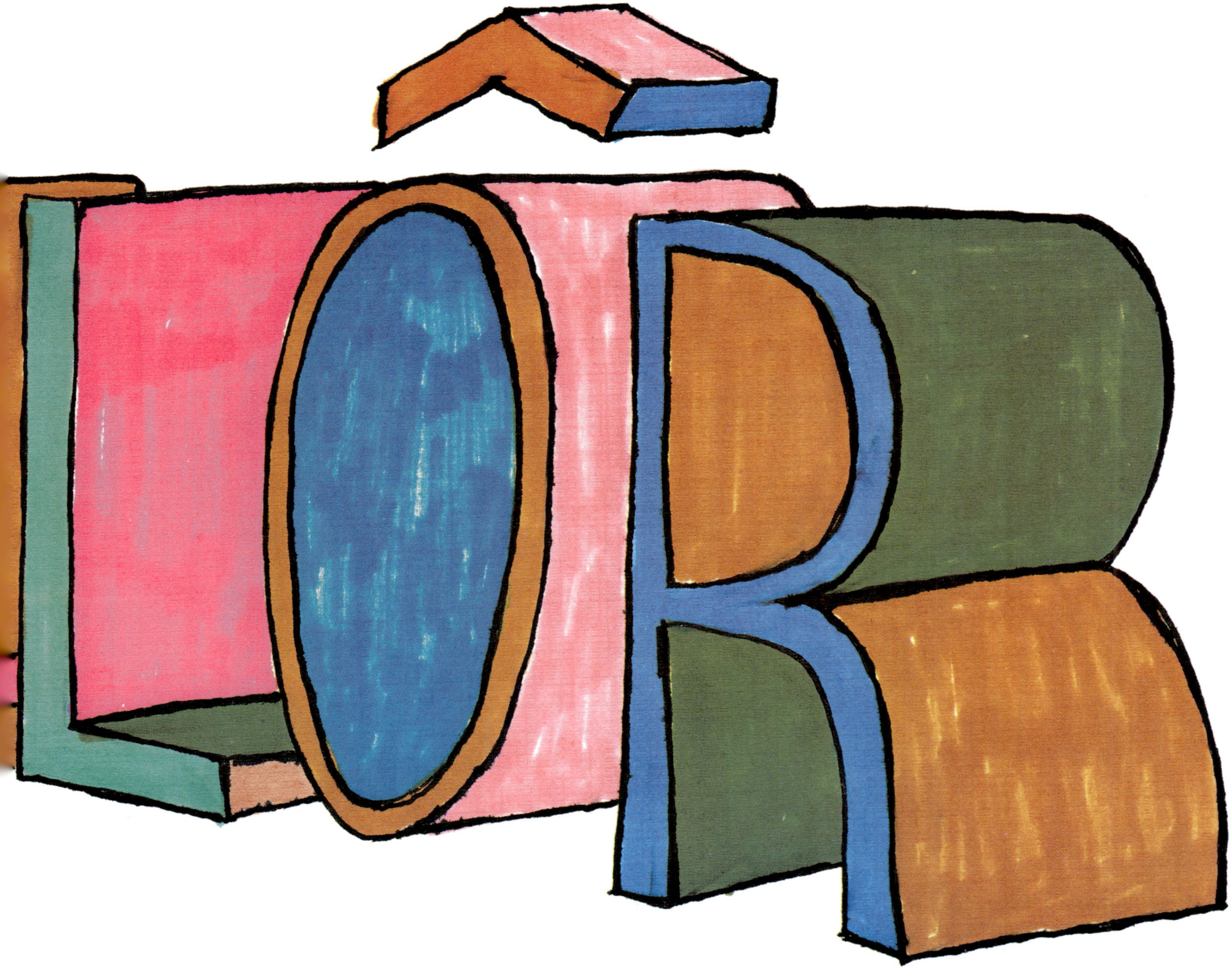
LÔR

MiLLoR

MILLÖR

Millôr

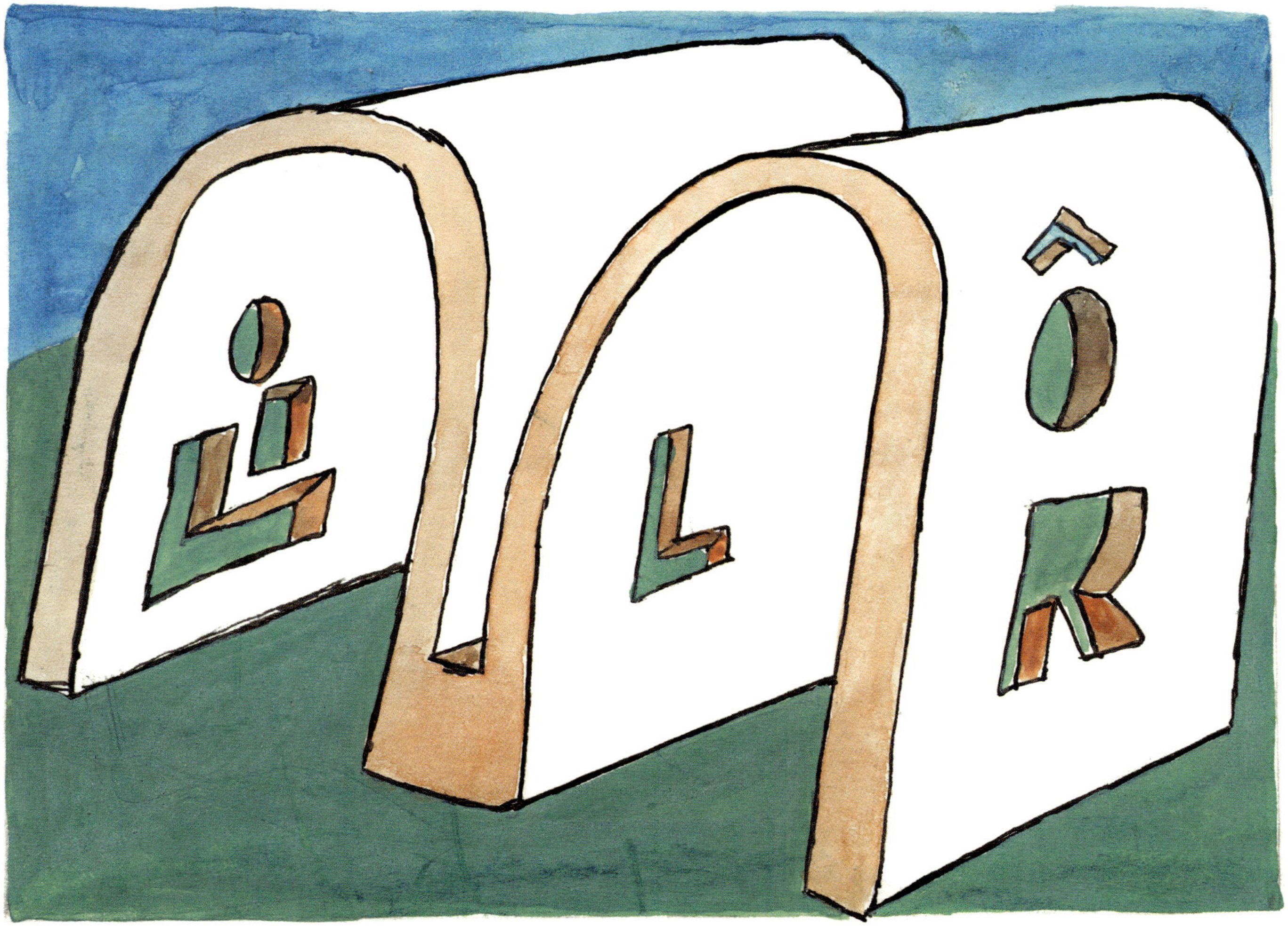

QUEM SEMEIA VADES, COLHE TEMPESTENTOS

MÔLIRL

MEIO EMBARAÇADO.

M.

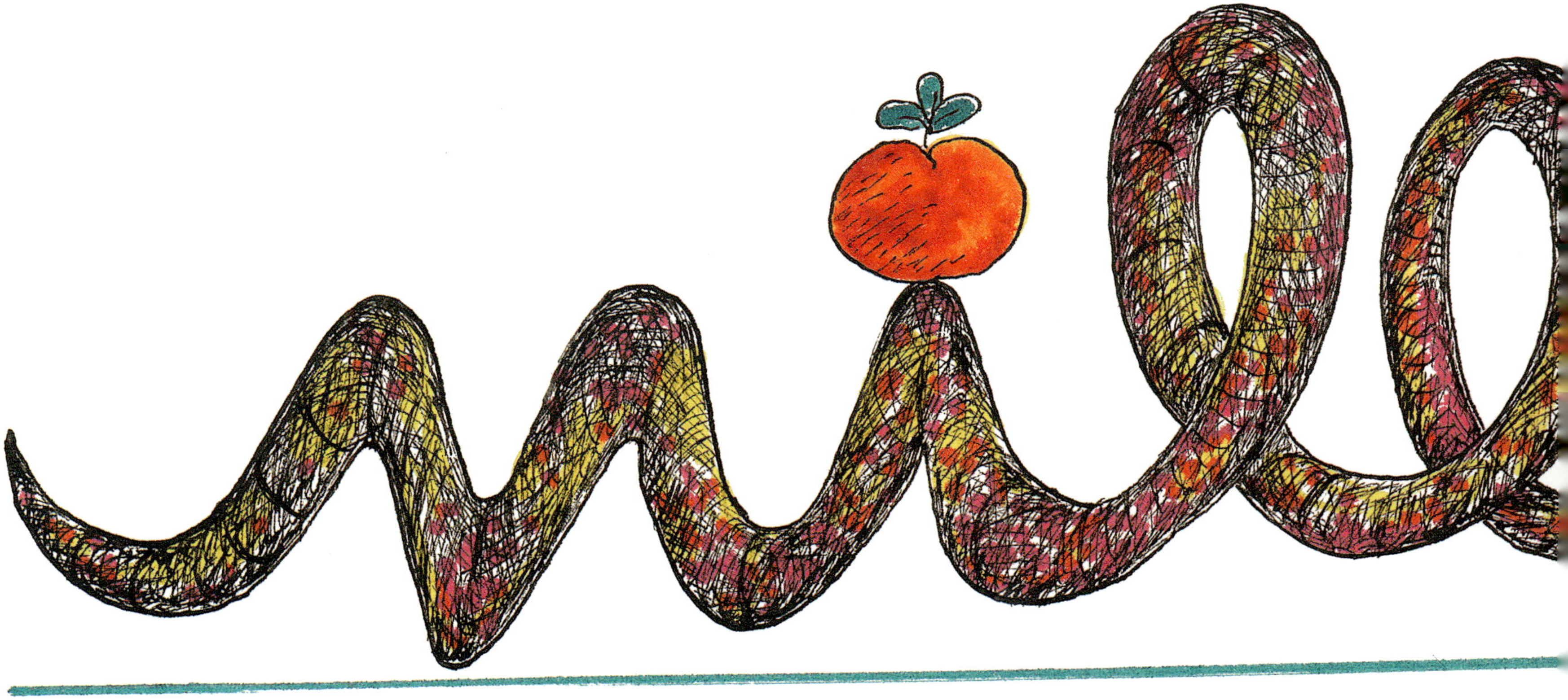

A MORTE É HERE-
DITÁRIA

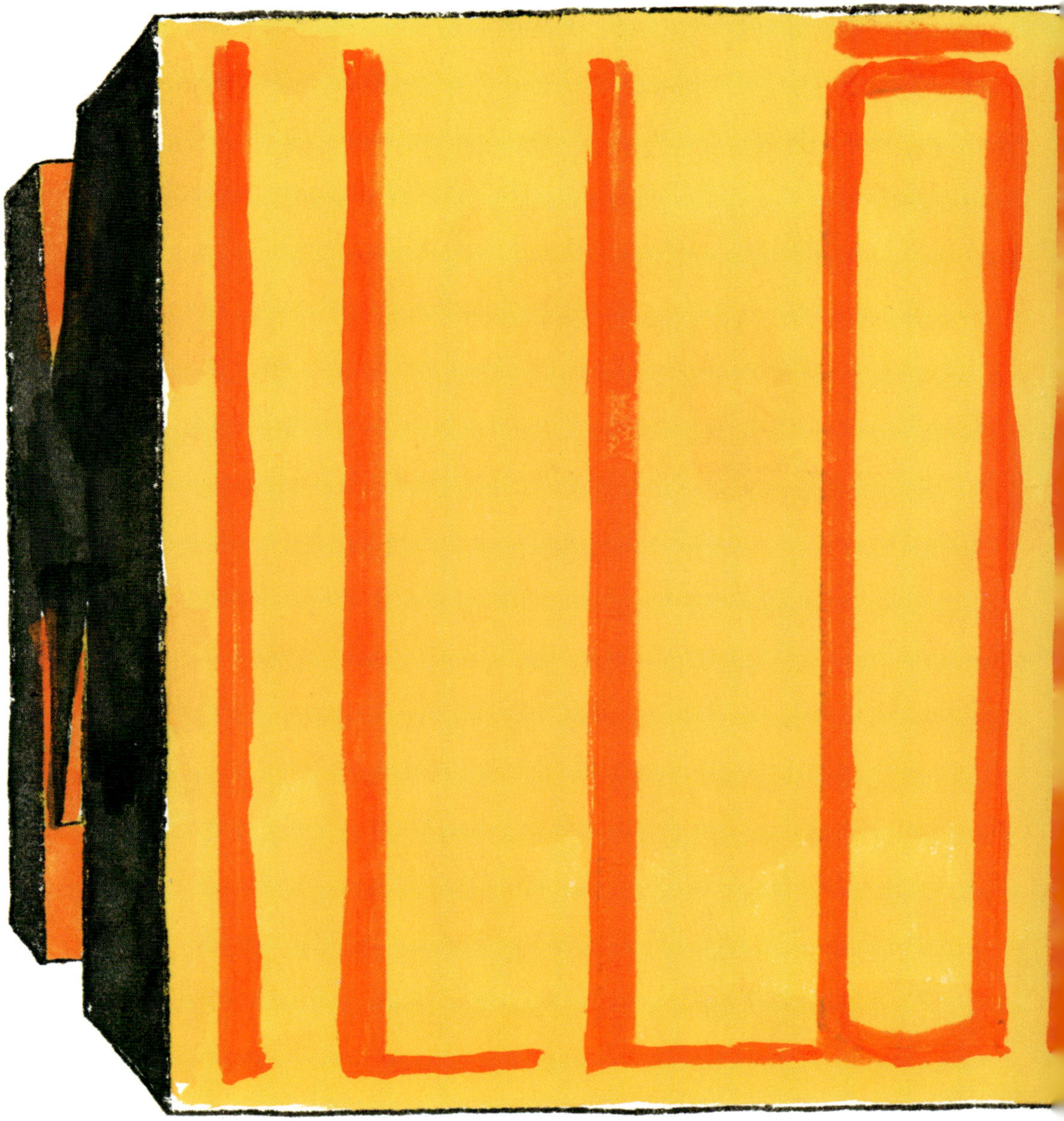

Millöz

PAX A PRIORI — BENTO!

HELLO

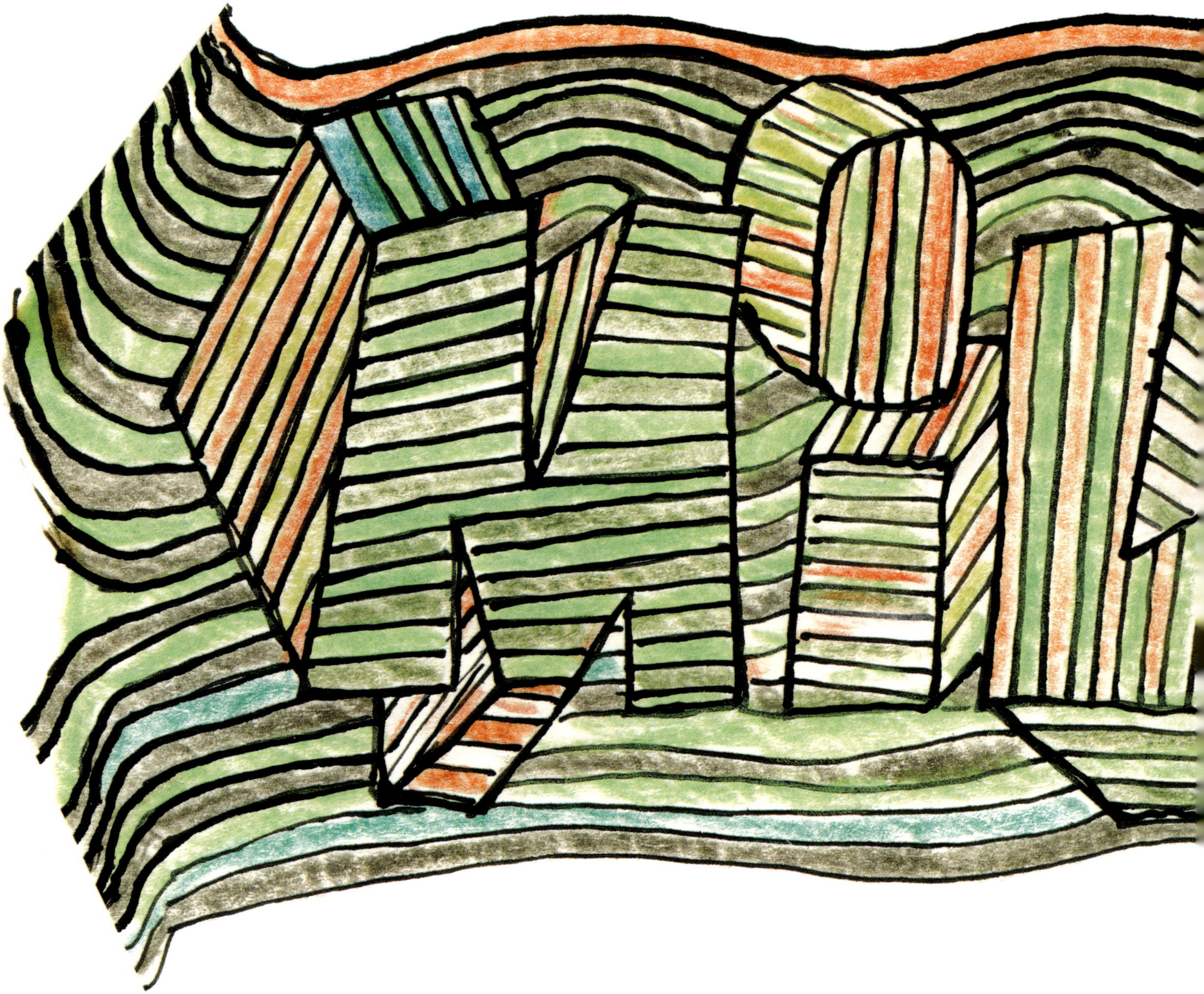

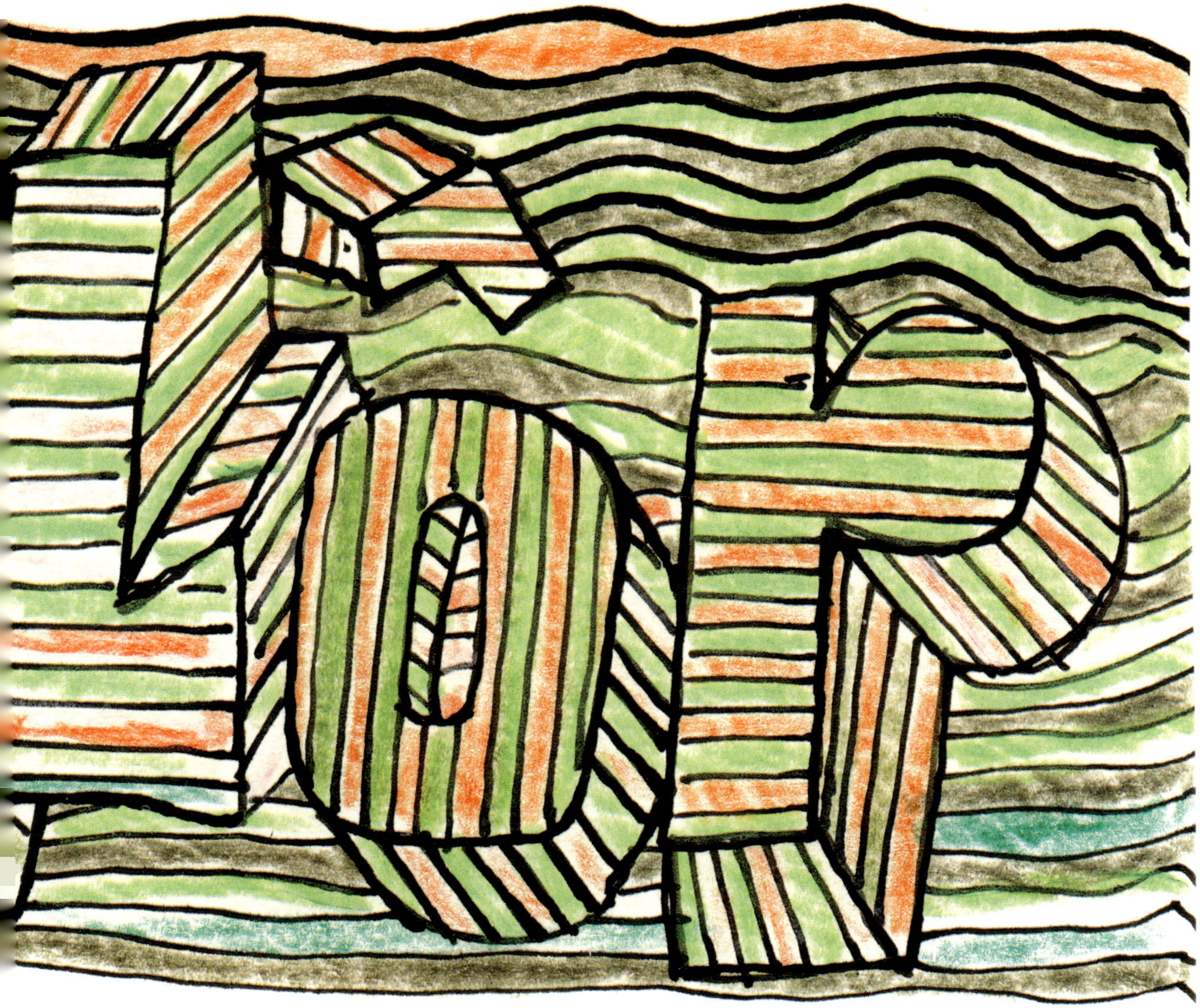

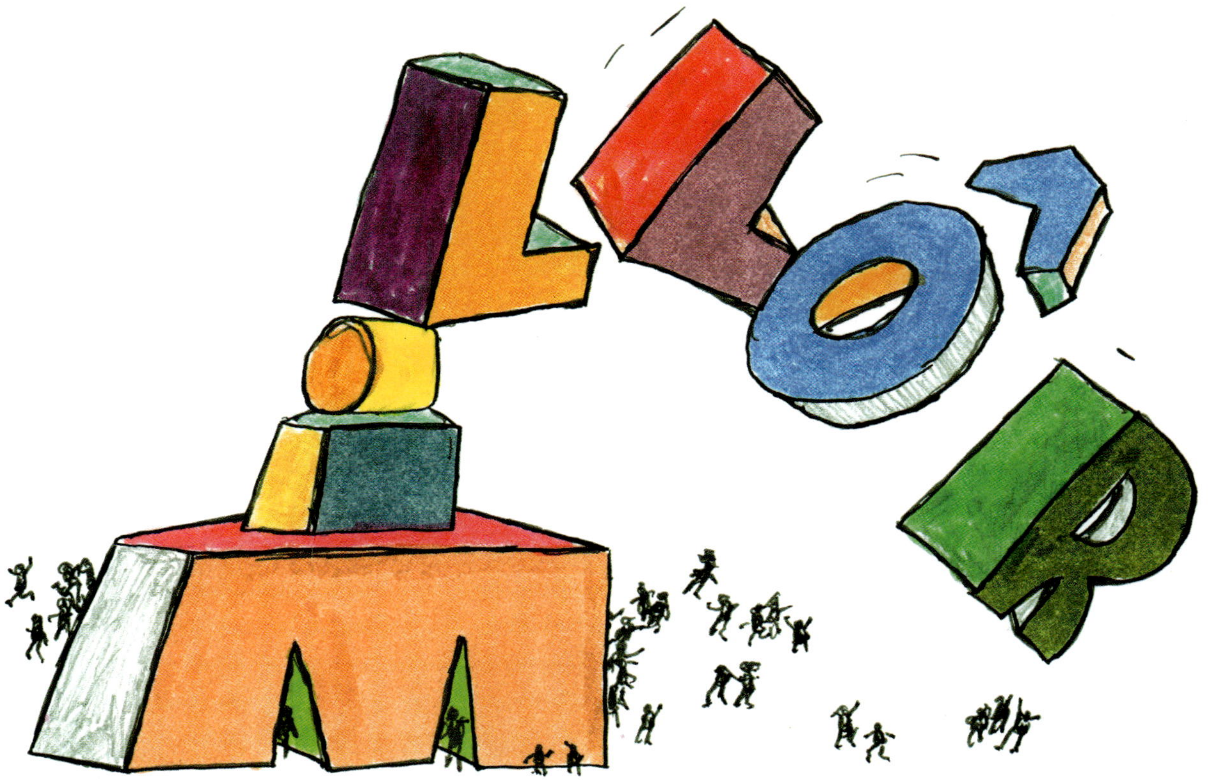

MOÏ
AR
LO

BUSCA PACIENTE DE IMAGENS FUGIDIAS.
M.

MILLÔR

SAUDADES DA ISAURINHA.
M.

NOME COMUM NA CATALUNHA: MELHOR.
M.

I ♥ MILLÔR

ENCONTRADO
NOS MUROS.
M.

MILLÔR

PERDIDO NA AREIA.
M.

MILÔR
UM NOME A ZELAR

FOI EDITADO EM FEVEREIRO DE 2008.
MIOLO E FORRAÇÃO DE CAPA IMPRESSOS
EM PAPEL COUCHÊ 150 GRAMAS NA
LIS GRÁFICA, GUARULHOS, SP.

MILLION BO[Y]
MILLION BO[Y]
MILLION BO[Y]
MILLION BO[Y]